POÉSIES

DIVERSES.

POÉSIES
DIVERSES,

PAR FEU FRANÇOIS,

PEINTRE,

MEMBRE DE LA SOCIÉTÉ LIBRE DES SCIENCES ET ARTS DE PARIS.

« *Pascitur in vivis livor, post fata quiescit.* »

A PARIS,

Chez
- CHAIGNIEAU aîné, libraire, rue de la Monnaie, n° 11.
- LE NORMANT, libraire, rue de Seine.
- BARBA, libraire, Palais-Royal, n° 51.
- COLNET, libraire, quai Voltaire.
- MARTINET, libraire, rue du Coq-S.-Honoré, n°s 13 et 15.

IMPRIMERIE DE CHAIGNIEAU AÎNÉ.

1814.

POÉSIES

DIVERSES.

CHANSONS.

LA CLEF.

AIR : En jupon court, en blanc corset.

PLUS d'une clef trouble le monde,
Chacun voudrait s'en emparer;
On se la dispute et l'on fronde
La clef qu'on ne peut rencontrer. (*bis*)

J'ignore qui de nous a celle
Du porte-feuille des neuf sœurs;
Mais je sais très-bien qu'une belle
Trouve toujours la clef des cœurs. (*bis*)

Tel fou courant après la gloire
Croit prendre, à pied comme à cheval,
La clef du temple de mémoire,
Et prend la clef de l'hôpital. (*bis*)

Quelquefois une clef forée
Prouve à l'auteur le plus hautain
Que sa pièce prématurée
N'a pas la clef du cœur humain. (*bis*)

L'un aime la clef de la cave
Et l'autre la clef du grenier;
Le voleur dont la clef nous brave
Se rit de la clef du caissier. (*bis*)

Il est bon d'avoir, en affaire,
La clef du coffre de Plutus;
Quant à moi, messieurs, je préfere
La clef du coffre de Vénus. (*bis*)

L'OREILLE.

AIR : *De la Croisée.*

L'OREILLE est le chemin du cœur,
La confidente du mystère ;
Pour l'amant comme pour l'auteur
Elle est délicate et sévère ;
Celui qui veut faire un couplet,
S'il veut que sa pointe réveille
Avant que de le mettre au net,
 Doit songer à l'oreille. (*bis*)

L'œil enchanté de sa couleur,
Lorsqu'à nu la beauté l'expose
Dans ses replis et sa fraîcheur,
Croit voir la moitié d'une rose ;
Non loin d'elle d'autres attraits
Dont la forme ronde est pareille,
Pour les contempler de plus près,
 Font parler à l'oreille. (*bis*

Favorable aux tendres aveux,
Elle paraît n'y rien comprendre ;
On sait qu'elle entend d'autant mieux
Qu'elle à l'air de ne pas entendre ;
La pudeur s'alarme d'un mot,
Et souvent un mot fait merveille ;
Tel déplaît s'il se dit tout haut ;
 Qui plaît dit à l'oreille. (*bis*)

C'est l'organe par qui l'esprit
Reçoit beaucoup plus qu'il ne donne;
Il approuve ou blâme un écrit,
Suivant qu'à son goût on raisonne;
Heureux celui qui l'a flatté,
Et quand le desir le conseille
Heureux qui peut de la beauté
Avoir toujours l'oreille. (*bis*)

Les yeux, dit-on, s'entendent bien,
Sur-tout en amoureux langage;
Mais dans un secret entretien
L'oreille en apprend davantage;
Aux accens d'une douce voix
Il n'est pas de cœur qui sommeille;
En amour, ah! combien de fois
On est pris par l'oreille. (*bis*)

PORTRAIT DE LISE.

A MADAME P.....

AIR : Des femmes plus d'un censeur.

LISE charme tous les yeux ;
Elle est belle, elle est sincère ;
Elle charmerait les Dieux
S'ils revenaient sur la terre.
Que l'on soit sensible ou non,
Dès qu'on la voit, on soupire ;
Et même en parlant raison,
C'est de l'amour qu'elle inspire.

L'esprit joint à la candeur
Ajoute encore à ses charmes,
Et sa grâce, sa douceur
Causent de tendres alarmes ;
Si sa bouche un seul instant
Laisse échapper un sourire
Embelli de sentiment,
C'est le plaisir qu'elle inspire.

Son air est simple et piquant,
Ses yeux peignent la tendrese ;
Mais craignez, en la brusquant,
Le regard de la sagesse :
Ce qu'elle fait éprouver,
L'on n'oserait le lui dire ;
Il faut malgré soi rêver
Jusqu'au bonheur qu'elle inspire.

AUX GRACES.

AIR : J'ai vu Lise hier au soir.

Sœurs naïves de l'amour,
Attraits de sa mère,
Vous qui parez sans atour
Palais et chaumière,
Heureux celui qui vous voit,
Il dit mieux ce qu'il conçoit;
La moins belle aussi vous doit
Le bonheur de plaire.

Sur les cœurs et les esprits
Votre aimable empire
Fait le succès des écrits
Que Minerve inspire.
La douceur de vos accens
Emeut et ravit les sens,
Et dans les arts florissans
C'est vous qu'on admire.

La lyre en main, sur vos pas
Oubliant ses armes,
L'amour fait dans vos ébats
Trève à nos alarmes :
A-t-il besoin de carquois!
Il tient de vous tous ses droits;
Il peut, soumis à vos lois,
Régner par vos charmes.

L'EMPLOI DU TEMPS.

AIR : De tous les Dieux que la fable.

L'HOMME dont la vie entière
Est de quatre-vingt-seize ans,
Dort le tiers de sa carrière,
C'est juste trente-deux ans;
Ajoutez pour maladie,
Procès, voyage, accidens,
Au moins le quart de la vie,
Cela fait deux fois douze ans.

Par jour deux heures d'étude,
De travaux, font bien huit ans;
Noir chagrin, inquiétude,
Pour le double font seize ans;
Cinq quarts d'heures de toilette,
barbe, *et cœtera*, cinq ans;
Temps perdu pour la fleurette,
Demi-heure, encor deux ans.

Par jour à manger et boire
Deux heures font bien huit ans,
Cela porte le mémoire
Juste à quatre-vingt-quinze ans;
Un an reste encor pour faire
Ce qu'oiseaux font au printemps;
Par jour l'homme a donc sur terre
Un quart-d'heure de bon temps.

IMPROMPTU.

AIR : Vous qui d'amoureuse aventure.

1792.

TANDIS qu'on nous inonde en France
De lois, de papiers et d'écrits,
L'argent, la crainte et l'espérance
Ont troublé les meilleurs esprits;
L'amour s'est enfui, le plaisir a suivi ses traces;
Il doit revenir avec les arts et la gaîté;
Car les talens comme les grâces
Sont enfans de la liberté. (*bis*)

Vous qui redoutez l'esclavage,
Ennemis de la royauté,
Voulez-vous trouver sans partage
Le bonheur et l'égalité,
Allez, allez visiter l'île de Cythère,
Par le plaisir égayant ce charmant séjour,
La beauté gouverne la terre
Avec le sceptre de l'amour. (*bis*)

A PHILIS.

AIR de l'Auteur.

Ton teint, Philis, a les couleurs
Dont brille la reine des fleurs;
Le premier jour qu'elle est éclose,
Crois-moi, profite dés instans;
Après la fraîcheur du printemps
Adieu les beaux jours de la rose.

L'aurore a soin de l'embellir,
Vénus invite à la cueillir,
L'amour la cultive et l'arrose;
Crois-moi, etc.

Demain le temps peut la flétrir
Et de sa main la défleurir,
Crains que ce vieillard n'en dispose;
Crois-moi, etc.

Quand Flore a perdu ses couleurs,
Zéphire oubliant ses faveurs,
S'envole ou parle d'autre chose;
Crois-moi, etc.

PRIÈRE A L'AMOUR.

CHANSON.

(Musique de M. Guichard)

Dieu des amours dont je sens la blessure,
Daigne appaiser le trouble de mon cœur;
Ah! prends pitié des tourmens que j'endure;
Au sein d'Églé fais passer mon ardeur.

Pour elle en vain je soupire sans cesse;
Avec mépris elle accueille mes vœux;
Elle se rit des maux de la tendresse,
Et la cruelle ose braver tes feux.

Tant de froideur, loin d'éteindre ma flamme,
Redouble encor mon amour et mes pleurs;
Peut-on porter tant de glace dans l'âme,
Et d'un regard embraser tous les cœurs?

Puisqu'à l'aimer je consume ma vie,
Sans espérer de la toucher un jour,
Fais, s'il se peut, qu'à jamais je l'oublie;
Qu'alors, en vain, elle m'aime à son tour.

Non; garde-toi d'affliger ce que j'aime;
Par les plaisirs venge plutôt tes droits:
Que dans mes bras goûtant le bien suprême,
En soupirant elle cède à tes lois.

A MME DEF.......

AIR : Dorilas, contre nous des femmes.

CHANTER les attraits de Céleste,
Ce n'est pas un facile emploi;
Personne pourtant n'est en reste
Quand il faut céder à sa loi;
Mais lorsqu'on admire ses charmes,
Qu'elle rit ou chante un couplet,
Le cœur éprouve tant d'alarmes,
Que l'esprit ne sait ce qu'il fait.

Moi qui voudrais peindre son âme
Et ses talens et ses vertus,
Malgré le sujet qui m'enflamme
Tous mes efforts sont superflus;
Puisque ma muse n'est pas preste
A me dicter une chanson,
Je dis seulement de Céleste :
Tout en elle est comme son nom.

A M. AUGUSTE DEF......

POUR LE JOUR DE SA FÊTE.

AIR du vaudeville de l'Opéra-Comique.

JE voudrais fêter un ami;
Je n'ose; un scrupule m'arrête :
On va me traiter d'étourdi;
J'ignore le jour de sa fête.
Mais je trouve un mois dont le nom
A ses qualités répond juste;
Sans balancer, pour son patron
  Je prends le mois d'Auguste.

Voulez-vous savoir quel il est?
Grave, discret, plein de noblesse;
Son esprit vif à chacun plaît;
L'effet suit toujours sa promesse :
On sait qu'il a plus d'un talent;
On connaît ses vers et sa prose,
Et même à Cythère on prétend
  Qu'il fait bien autre chose....

Dans ma jeunesse, ivre d'amour,
J'ai fait des couplets pour les belles;
J'ai chanté le tendre retour
Et le pardon qu'on obtient d'elles :
Aujourd'hui d'un œil de pitié
Les Grâces verraient mon délire;
Oui, désormais à l'Amitié
  Je consacre ma lyre.

A MME DEF......

AIR : J'avais à peine dix-sept ans.

EGLÉ voudrait de ma façon
  Des couplets dignes d'elle :
Comment lui faire une chanson
  Agréable et nouvelle ?
Vient-il un trait ingénieux
  A l'esprit d'un poète,
Aussi vîte que deux beaux yeux
  Font tourner une tête ?

On a si bien complimenté
  Le sexe qui nous charme,
Et si bien chanté la beauté ,
  Que ce sujet m'alarme.
Ma muse enfin poussée à bout,
  voulant la satisfaire,
Craint de ne pas faire avec goût
  Ce qu'il faut pour lui plaire.

Peindrai-je de ses traits charmans
  La douceur, la noblesse,
Et de ses moindres mouvemens
  La grâce enchanteresse ?
Ardent à lui prouver sa foi,
  Son époux qu'elle inspire
Fait tout cela bien mieux que moi,
  Et pourrait mieux le dire.

Si j'ai tracé de ses appas
Une trop faible image,
Elle ne s'offensera pas,
Je crois, de mon hommage:
D'ailleurs, en vain j'aurais tenté
D'être un peintre fidèle;
Le portrait eût toujours été
Au-dessous du modèle.

LE BESOIN D'UNE AMIE.

AIR : Vous m'ordonnez de la brûler.

O vous que le besoin d'aimer
  Charme et trouble sans cesse,
Cœurs trop prompts à vous alarmer
  Pour un mot qui vous blesse,
Que sont, pour nous dédommager,
  Tous les biens de la vie,
Si l'on n'a pour les partager
  Une fidèle amie?

Sans doute au point du plus beau jour
  Il peut naître un nuage :
Une caresse de l'Amour
  Doit conjurer l'orage.
Au milieu du bruit dont par fois
  Il étourdit la vie,
Qu'il est doux d'entendre la voix
  D'une fidèle amie!

Dans le voyage hasardeux
  Que l'on fait dans ce monde,
On va mal quand on n'est pas deux;
  Il faut qu'on nous seconde.
Ah! pour abréger le chemin
  Que nous trace la vie,
Qu'on est heureux d'avoir la main
  D'une fidèle amie!

CONSEILS AUX AMANS.

AIR : La comédie est un miroir.

Jeunes beautés, jeunes amans
Faits pour aimer et pour séduire,
Suivez chacun vos sentimens,
Le plaisir saura vous instruire;
Attaquez-vous avec transport,
Défendez-vous avec adresse,
L'amour, de crainte d'avoir tort,
Pardonne tout à la jeunesse. (*bis*)

Une coquette vous plaira
Bien mieux qu'une simple bergère;
Craignez, lorsqu'elle vous tiendra,
Que son art ne vous désespère;
Après un amoureux effort,
Punissez-la de sa finesse;
L'amour, de crainte d'avoir tort,
Pardonne tout à la jeunesse. (*bis*)

Dans sa folie et dans ses jeux,
Lise voudrait cacher sa flamme;
Voyez-vous briller dans ses yeux
Le feu qui consume son âme?
A sa gaîté donnez l'essor
Et profitez de son ivresse;
L'amour, de crainte d'avoir tort,
Pardonne tout à la jeunesse. (*bis*)

ROMANCE.

Echo des bois, témoin de ma faiblesse,
Je viens revoir votre aimable séjour ;
Répétez-moi les vœux de la tendresse,
Mais oubliez les sermens de l'amour.

Il jure une ardeur éternelle,
Il promet tout dans ses desirs;
Dès qu'il est heureux, l'infidèle
S'envole et rit de nos soupirs.
Echo des bois, etc.

A l'ombre de ce vert feuillage
J'ai reçu la foi d'un amant;
Il a la mienne, et le volage
Est insensible à mon tourment.
Echo des bois, etc.

A Mlle D......

EN LUI OFFRANT UN RECUEIL DE CHANSONS.

AIR : Chanson, chanson.

Voici le Code de Cythère,
Vous le lirez souvent, j'espère :
Ces doux sermons
Ne prêchent qu'amoureux délire ;
De tous les autres l'on peut dire :
Chansons, chansons.

Chantez ce que je viens d'écrire,
Et souvenez-vous, ma Thémire,
De mes leçons.
Et si quelqu'autre amant vous presse,
Ne dites point de ma tendresse :
Chansons, chansons.

A UNE INSENSIBLE.

AIR : O ma tendre musette !

OBJET de ma tendresse,
Loin de toi nuit et jour
Je languis de tristesse
Et je brûle d'amour.
Prends pitié des alarmes
Que causent tes rigueurs ;
Peux-tu trouver des charmes
A voir couler mes pleurs ?

Le feu qui me dévore
S'alluma dans tes yeux,
Et tes yeux que j'implore
Refusent tous mes vœux.
Quand de l'amour fidèle
Tu repousses les traits,
Tu te punis, cruelle,
Des maux que tu lui fais.

Vois d'un œil moins sévère
Mes amoureux tourmens ;
Le désir de te plaire
Seul a troublé mes sens.
Ne sois point inflexible ;
Au moins laisse entrevoir
A mon cœur trop sensible
Les douceurs de l'espoir.

Tu ris de mon martyre :
Hélas ! tu ne sais pas
Qu'il faut que l'on soupire
Lorsqu'on voit tes appas.
Ne sachant comme on aime,
Tu ne croiras jamais
Que mon amour extrême
Egale tes attraits.

Viens de ma vive flamme,
Viens partager l'ardeur ;
Viens augmenter mon âme
Des plaisirs de ton cœur :
Que, voilant tes prunelles
En comblant mes désirs,
L'amour batte des ailes
Au bruit de nos soupirs.

COUPLETS BACHIQUES.

AIR : Monseigneur, vous ne voyez rien.

Quel plaisir d'être en ces lieux,
De boire et de chanter ensemble :
Vive, vive le vin vieux
Et l'amitié qui nous rassemble !
Que chacun, le verre à la main,
Bannisse d'ici le chagrin.
Chantons, chantons tous,
Chantons le dieu de la treille ;
Chantons, chantons tous,
Buvons et faisons les fous.

Le bonheur si recherché
De l'antique philosophie,
Dans le bon vin s'est caché
Entre les bras de la Folie.
Le vin appaise nos douleurs,
Charme l'esprit, unit nos cœurs.
Chantons, etc.

Vénus, aux plus tendres cœurs,
Cause toujours quelques alarmes,
Et ses plus douces faveurs
Font bien souvent couler nos larmes :
Mais Bacchus est plus généreux,
Seul il sait tous nous rendre heureux.
Chantons, etc.

Amis, puissions-nous long-temps
Braver les Parques inhumaines ;
Toujours gais, toujours contens,
Boire à longs trais l'oubli des peines,
Et même aux portes du tombeau
Répéter ensemble en rondeau :
Chantons, chantons tous,
Chantons le dieu de la treille ;
Chantons, chantons tous,
Buvons et faisons les fous.

A GLICÈRE.

AIR : De tous les Dieux que la fable.

O TOI qui sais si bien plaire
Par la grâce et la douceur ;
Tendre et fidèle Glicère,
Dont l'amour fait mon bonheur,
Règne à jamais sur mon âme,
Enchaîne tous mes désirs,
Et qu'une si belle flamme
S'augmente par les plaisirs.

Quand trop plein de ses alarmes,
Mon cœur les verse en ton sein,
Le seul aspect de tes charmes
Change aussitôt mon destin.
Près d'une amante chérie
On a bientôt oublié
Les cris de la calomnie
Et les torts de l'amitié.

Si d'une jalouse plainte
J'ai pu te montrer l'aigreur,
Pardonne une injuste crainte
A l'excès de mon bonheur.
Ne crois pas qu'un vain délire
Ailleurs puisse m'engager ;
Ton amant sous ton empire
Est trop heureux pour changer.

Puissions-nous de la jeunesse
Conserver le sentiment,
Et jusque dans la vieillesse
Nous aimer si constamment,
Qu'un jour la Parque trompée
Voyant nos tendres amours,
Se croie encore occupée
A filer nos plus beaux jours.

Sans cette amoureuse ivresse
Qui console l'univers,
L'homme au sein de la paresse
Cède au poids de ses revers.
N'éprouvant que peine au monde,
L'ennui bientôt le vieillit;
Mais Vénus paraît sur l'onde,
Il aime, et tout s'embellit.

Les dieux dont la bienfaisance
Enfin daigna nous former,
Malgré toute leur puissance
Ne pouvaient nous animer;
Et la nature endormie,
Privée à jamais du jour,
N'aurait pas connu la vie
Sans un soupir de l'amour.

Vous qui n'aimez que la gloire,
Sachez qu'artiste ou guerrier,
Tous ceux qu'a vantés l'histoire,
Ont joint le myrthe au laurier;

Et si le fils de Bellonne
Par la gloire est tourmenté,
C'est qu'il veut une couronne
Des mains de la Volupté.

Phœbus suspend sa carrière
Avec Thétis chaque jour;
Il redouble sa lumière
Par le flambeau de l'Amour;
Et sa tête rayonnante
Brille bien plus à nos yeux,
Quand des bras de son amante
Il s'élance dans les cieux.

Ainsi, ma belle maîtresse,
Loin d'affaiblir mon ardeur,
Les preuves de ta tendresse
Enorgueillissent mon cœur.
La gloire alors qui m'enflamme
Vient m'arracher de tes bras,
Afin de rendre ma flamme
Plus digne de tes appas.

Que le sort nous soit contraire
Ou propice tour à tour,
Laissons parler le vulgaire,
Ne consultons que l'amour:
C'est l'amour seul qui me touche,
Et je n'ai d'autre désir
Que de pouvoir sur ta bouche
Laisser mon dernier soupir.

CONSEILS AUX JEUNES MARIÉS.

AIR : Charmantes fleurs.

Tendres époux qu'amour met en ménage,
N'abusez pas de ses brûlans désirs;
Si vous voulez être heureux à tout âge,
Il faut savoir ménager vos plaisirs.

Suivez ses lois au sein de l'hyménée;
D'un cœur soumis méritez ses faveurs :
Alors veillant sur votre destinée,
Sur tous vos pas il répandra des fleurs.

Qu'à tous vos jeux sa tendresse préside,
Crainte d'excès il saura les borner;
Car ce dieu veut que dans les champs de Gnide
Le lendemain l'on puisse moissonner.

Si quelque jour au temple du Mystère
L'Hymen laissait entrevoir son flambeau,
Souvenez-vous du pouvoir de son frère,
Et de l'Amour reprenez le bandeau.

Car s'il voyait près d'une jeune épouse
L'Hymen sans lui vouloir la caresser,
Craignez ses traits; d'une flèche jalouse
En s'envolant il pourrait la blesser.

Belle Cloris, par un serment frivole
Ton tendre cœur ne veut pas le gêner;
Tu ne crains pas que jamais il s'envole,
Par le plaisir tu sauras l'enchaîner.

En admirant ta grâce, ta jeunesse,
Tes yeux charmans où siège la candeur,
Il a voulu partager ta tendresse,
Il s'est montré jaloux de mon bonheur.

L'Amour, séduit et fixé par tes charmes,
S'est dépouillé pour un objet si beau;
Avec ton cœur il t'a donné ses armes,
Et dans tes yeux il a mis son flambeau.

LA CONSTANCE.

AIMONS-NOUS, Glycère,
Aimons-nous toujours;
C'est une chimère
De changer d'amours.
Cœur qui se dégage,
En vain sait charmer;
Un amant volage
Ne peut plus aimer.

Tant qu'il est fidèle,
L'amant est heureux;
A quelqu'autre belle
S'il offre ses vœux,
Le perfide oublie
Sa foi, son bonheur,
Et la perfidie
Conduit au malheur.

Un volage espère,
Vain dans ses désirs,
D'une autre bergère
De plus doux plaisirs.
Mais loin du parjure,
Quand il le poursuit,
Dans une ame pure
Le bonheur s'enfuit.

LA VÉRITÉ CHANSONNIÈRE.

AIR : En jupon court, en blanc corset.

Par le mensonge poursuivie
La Vérité masquant ses traits,
S'avisa, pour être accueillie,
D'imaginer l'art des couplets.

Soudain les grands et le vulgaire,
Attirés par la nouveauté,
Sans trop se douter du mystère,
Ont applaudi la Vérité.

Par cette ingénieuse adresse
Voilant ses utiles leçons,
Elle fit aimer la Sagesse
A la faveur de ses chansons.

Chansonniers, marchez sur ses traces,
Ornez-la, mais n'oubliez pas
Que les Muses, comme les Grâces,
N'auraient sans elle aucun appas.

L'AMOUR ET LE TEMPS,

OU

L'ORIGINE DE L'INCONSTANCE.

AIR : En jupon court, en blanc corset.

Un jour, vers l'île de Cythère,
Le Temps jaloux faisait son tour :
Couché sur le sein de Glicère,
Ce jour-là reposait l'Amour.

Quoi ! dit-il, le destin m'impose
La loi de courir tout changer !
Cependant Cupidon repose ;
Il faut le faire voyager.

Vîte il le tire par l'oreille :
Partons, dit-il, réveille-toi.
Trompé par la voix, il s'éveille,
Et répond : Glicère, attends-moi.

Déjà poursuivant sa carrière,
Saturne entraîne le dormeur,
Et lui fait ouvrir la paupière,
Pour voir son maître et son erreur.

Du Temps la Force et la Vieillesse,
La main froide et l'air menaçant,
Du dieu charmant de la jeunesse
Glace le cœur au même instant.

L'Amour, indigné que son guide
Ait osé troubler ses plaisirs,
Voudrait bien punir le perfide
Qui vient d'éteindre ses désirs.

Mais le Temps est invulnérable,
Il n'est pour lui rien de sacré;
Avec sa faux inexorable
Peut-être il l'eût défiguré.

Il fallut suivre sans mot dire:
Glicère appelle son amant;
Mais c'est en vain qu'elle soupire,
Rien ne ramène un inconstant.

Vous que l'inconstance désole,
Tendres amans, consolez-vous;
Sachez que, si l'Amour s'envole,
C'est que le Temps en est jaloux.

A UNE GRANDE DAME.

AIR : On compterait les diamans.

On a vu quelquefois l'Amour,
Epris d'une flamme indiscrète,
D'un hameau passant à la cour,
Unir le sceptre à la houlette.
N'ayant que son cœur et sa foi,
Un berger pourrait-il vous plaire ?
Ah ! pourquoi ne suis-je pas roi ?
Pourquoi n'êtes-vous pas bergère ?

LA VIOLETTE.

AIR : C'est à mon maître en l'art de plaire.

Du printemps brune messagère,
Fille de son premier beau jour,
Parfum du sein de la bergère,
Douce interprète de l'amour.
Humble et touchante Violette,
C'est autour de toi, dans les champs,
Que se rassemblent sur l'herbette
Et les bergers et les amans.

C'est ton ardeur voluptueuse
Qui, se mêlant à leurs soupirs,
Va porter leur flamme amoureuse
Aux cœurs, objets de leurs désirs.
Loin de vouloir, comme la rose,
De Lise égaler la fraîcheur,
Sur son sein lorsqu'elle te pose,
Tu nous fais valoir sa blancheur.

Je ne puis te voir sans tendresse;
Et de près voulant t'admirer,
C'est l'haleine de ma maîtresse
Que je crois encor respirer.
Viens, à chaque saison nouvelle,
Je veux te placer sur mon cœur;
Viens, ta présence me rappelle
Et ma jeunesse et mon bonheur.

Si les partisans de la rose
Dédaignent ma modeste fleur,
Un fait que l'amour leur oppose
Suffit pour les tirer d'erreur.

Au printemps, plus d'une fillette
A l'ombre des bois, bien souvent,
Pour une simple Violette,
Donne la rose à son amant.

POUR LA FÊTE DE S. LOUIS.

AIR : On compterait les diamans.

Un Louis fut saint et fut roi,
Et, qui plus est, fut un grand homme;
C'est un saint de fort bon aloi
Qu'à bon droit la France renomme :
Mais, sans condamner aujourd'hui
Ce que la foi nous recommande,
J'aime mieux fêter un ami
Que tous les saints de la légende. (*bis*)

Il ne l'est pas; mais quelque jour
S'il le devient par incartade,
Il ne quittera point sa cour
Pour aller faire une croisade.
Entre les bras de sa moitié
Il aime mieux chanter victoire.
Ma foi, l'amour et l'amitié
Sont fort au-dessus de la gloire. (*bis*)

Etre roi, c'est un beau destin;
Chacun le dit, chacun l'envie;
Mais ces maîtres du genre humain
Ne passent pas gaîment la vie :
Le mensonge assiège leurs pas;
On les craint plus qu'on ne les aime :
Comme Louis, ils ne sont pas
Certains d'être aimés pour eux-mêmes. (*bis*)

LA BERGÈRE INSTRUITE.

AIR : Charmantes fleurs.

Au mois de mai, seule et l'âme inquiète,
De fruits, de fleurs je remplis mon panier,
Et je m'en fus, cueillant la violette,
Mêler ma plainte aux soupirs du ramier.

Lucas, de loin me cherchant dans la plaine,
Avait suivi la trace de mes pas ;
Il m'aperçut au bord d'une fontaine :
Assurément je ne l'attendais pas.

Depuis un an j'avais lieu de le craindre ;
Pour l'éviter, j'entrai dans un taillis :
Imaginez combien je fus à plaindre,
Lorsque dans l'ombre à mes pieds je le vis.

En m'assurant toujours de sa tendresse,
Il voulut voir les fruits que je portais ;
Puis d'une main, malgré ma résistance,
Me fit tomber et brisa mes bouquets.

Moi, je pleurais, car j'étais hors d'haleine ;
Lui, paraissait jouir de ma douleur,
Et le méchant, insensible à ma peine,
De mon panier prit la plus belle fleur.

Contre un amant, hélas! que peut-on faire,
Quand on est seule et surtout dans un bois?
J'eus beau crier pour appeler ma mère,
La peur me prit et je perdis la voix.

Jeunes beautés qui voulez être sages,
Fuyez les bois et les gazons fleuris;
Quand on s'assied à l'ombre des bocages,
Bientôt panier, fruits et fleurs, tout est pris.

CHANSON DE TABLE.

AIR : Vous qui d'amoureuse aventure.

Quand l'amitié nous met à table
Et fait les honneurs d'un repas,
Pourrait-il être délectable,
Si l'amitié n'en était pas?
Amour, amitié, consolez, enchantez notre vie,
Toujours avec nous goûtez les plaisirs de Bacchus;
Mais que le vin dans sa folie
Ne fasse aucun tort à Vénus. } (*bis*)

Si l'amour, chez la beauté fière,
De ses feux cache la moitié,
A son cœur le vin plus sincère
Prête la voix de l'amitié.
Amour, etc.

L'Amour dit un jour à son frère :
Pardon si je me suis permis
De boire à longs traits dans ton verre;
Prends le mien et soyons amis.
Amour, etc.

LES PRISONNIERS.

AIR de l'Auteur.

Pour adoucir notre esclavage,
Lorsqu'on voit ici la beauté
Venir par le plus doux langage
Nous promettre la liberté,
Dans l'espoir de la voir renaître,
Le plaisir trouble la raison,
  Et l'on voudrait mettre
  L'Amour en prison.

Pardonnez ce projet coupable
A l'infortune, à l'amitié,
Et du malheur qui nous accable
Daignez avoir quelque pitié.
Bientôt nous verrions disparaître
De l'ennui le mortel poison,
  Si nous pouvions mettre
  L'Amour en prison.

D'ailleurs vous n'avez rien à craindre
En visitant des prisonniers;
Personne ne peut vous contraindre
A partager leurs oreillers.
La nature vous fit connaître
Qu'en tous lieux, en toute saison,
  On ne peut pas mettre
  L'Amour en prison.

LA SAVATTE.

AIR : Je connais un berger discret.

La savatte est un jeu charmant,
Le soir, au clair de lune,
Surtout quand chacun est en rang
Auprès de sa chacune.
Belles, qui le jouez de nuit,
Apprenez-moi, de grâce,
Si vous faites beaucoup de bruit
Quand l'Amour vous la passe.

Sous les replis de vos jupons,
On dit qu'avec la mule
Qu'on poursuit et cherche à tâtons,
Plus d'un danger circule :
Un feu secret à tous les doigts
Prête tant de vîtesse,
Qu'on prend le change quelquefois
Et que l'Amour vous blesse.

Messieurs, si vous vous trouvez pris
A si douce aventure,
Apprenez à sentir le prix
D'une telle blessure.
Sachez fermement endurer
Le mal qu'elle vous cause ;
Plus l'épine a su déchirer,
Plus on chérit la rose.

A UNE INDIFFÉRENTE.

AIR : Ton tein, Philis, a des couleurs.

Vos yeux savent nous enflammer,
Mais vous ne savez pas aimer ;
Votre gaîté nous désespère ;
Vous riez de tout ce qu'on dit ;
Ah ! de tant de grâce et d'esprit,
Parlez, que prétendez-vous faire ?

Craignez-vous donc que votre cœur
D'un sentiment tendre et vainqueur
N'éprouve la mélancolie ?
N'appréhendez pas vos soupirs ;
Quand on partage ses plaisirs,
L'amour rend encor plus jolie.

POÉSIES.

DISCOURS

A M. DEF......,

SUR LA CARRIÈRE DES LETTRES.

AMI dont la raison, l'esprit, le caractère
Disposent tes enfans aux vertus de leur père;
Toi que le vrai d'abord et l'utile ont frappé,
Et chez qui dès l'enfance, à l'étude occupé,
L'esprit, devançant l'âge où le talent moissonne,
Emporta du savoir la quadruple couronne, *
Sans que ton front modeste en fût enorgueilli;
Par l'antique bon sens, avec grâce établi,
Ton goût prématuré se formant sur la lyre,
Aux sources du Permesse a puisé l'art d'écrire,
Et ta prudence a craint d'en risquer les essais.
Que dis-tu cependant des modernes excès
Qui par-tout des Neuf Sœurs infestent le domaine?
Ils menacent les arts d'une chûte prochaine:
Le ridicule en vain croirait les arrêter;
Malgré moi je sens trop qu'il faut les supporter.
Mais peut-on sans pitié voir au bas du Parnasse
L'orgueil insinuer à des singes d'Horace
Que leur muse guindée, en vers sentencieux,
Va comme son esprit s'élever dans les cieux?

* A l'Université de Paris, en 1786.

4

La fureur de rimer a dérangé les têtes;
Des versificateurs s'érigent en poètes;
La France de nos jours abonde en *Scudéris* :
La morale infectée a souillé les écrits.
Chacun veut être auteur : le langage s'embrouille;
La prose s'alourdit des vers qu'elle dépouille.
On ne voit que troupeaux d'ignorans écrivains
Croire en déraisonnant éclairer les humains.
Le pire de l'erreur, c'est que dans leur manie,
Peu soigneux quelquefois des devoirs de la vie,
Au moindre rien qu'ils font ils mettent un grand prix,
Et pour toute autre chose affectent du mépris:
Ils devraient cependant voir que l'intelligence
N'est pas en chaque objet bornée à leur science,
Et pourraient beaucoup mieux, économes du temps,
Dans un métier honnête employer leurs instans.

Non qu'ici, je prétende, avocat du vulgaire,
Des suivans d'Apollon censeur atrabilaire,
Ainsi que *Baliveau* gourmandant *Francaleu*,
Pour des vers innocens renfermer un neveu,
Ou, du talent novice écartant les excuses,
Lui contester le droit de courtiser les Muses;
Leur commerce enchanteur ennoblissant l'esprit,
Lui découvre le faux caché dans un écrit,
Et donne à la raison une grâce secrète :
Je l'aime; mais, songeant au destin du poète,
Je pense qu'un jeune homme, en esprit abondant,
De l'astre des rimeurs doit craindre l'ascendant,
Redouter, s'il écrit, soit en vers, soit en prose,
La vapeur de l'encens prise à trop forte dose;
Sa douceur enivrante est funeste à l'auteur :

Il doit, semblable au peintre habile imitateur,
Se juger, comparer l'art avec la nature;
Réduire son génie à sa juste mesure;
Ne point exagérer le prix de son laurier,
Ni des humains surtout se croire le premier.
Le monde sur ce point très-sensément raisonne;
Il ne compromet pas le suffrage qu'il donne:
Il s'amuse parfois d'un ouvrage indiscret;
Mais il juge de tout suivant son intérêt:
Il admire le grand, dédaigne le futile,
Sourit à l'agréable, et recherche l'utile.
C'est beaucoup de lui plaire: on peut faire encor mieux;
Le soin de son bonheur est bien plus glorieux.

Loin de nous toutefois le barbare délire
Qui voudrait à Phébus enlever son empire!
Respectons de l'esprit la noble faculté
Dont l'artifice aimable orne la vérité.
Je sais, ami des vers, malgré qu'on les décrie,
Que la voix du poète a servi la patrie:
Interprète éloquent des grandes actions,
Le poète, à la fois peintre des passions,
D'accens harmonieux embellissant l'histoire,
Sait immortaliser les bienfaits et la gloire;
Redoutable aux méchans dénoncés dans ses vers,
Il signale les sots, il flétrit les pervers;
Et par des sons touchans sa lyre consolante
Distrait l'Humanité du sort qui la tourmente.
Le chantre des Vertus a droit de s'offenser
De l'audace d'un sot qui veut le rabaisser:
Verra-t-il de sang froid l'orgueil et l'ignorance
S'attaquer à son art, en nier la puissance?

C'est déjà trop pour lui qu'il soit infructueux!
Je le plains et l'honore en lui traçant mes vœux.
Je voudrais que celui qu'un feu céleste anime
Unît au moins l'aisance à la publique estime;
Mais cet heureux accord est rare, et trop souvent
On a vu le besoin compagnon du talent!

Aveugle en ses bienfaits, on sait que la Fortune
Au mérite sorti de la route commune,
Souvent par cela même en butte à ses rigueurs,
A pourtant quelquefois départi ses faveurs:
Un esprit élevé, dominant son caprice,
A de nombreux succès peut la rendre propice;
Si l'un en est haï, l'autre en est caressé;
Enfin plus d'un grand homme en fut récompensé.
Cet exemple séduit la bouillante jeunesse,
Et l'amour de la gloire, augmentant son ivresse,
Fait briller à ses yeux la couronne des arts;
Son ardeur la poursuit, et brave les hasards.
Le génie au destin noblement se confie;
Suivant les temps, les lieux, il meurt ou fructifie.
Parmi les aspirans d'un état glorieux
Il est peu de mortels favorisés des dieux.

Que je plains l'écolier dont l'inexpérience
Dans sa muse naissante a mis sa confiance!
Ah! si, moins prévenu pour ses jeunes essais,
Il savait à quel prix on obtient des succès;
S'il ne s'ignorait pas, et si sa faible vue
Pouvait du champ des arts embrasser l'étendue;
S'il voyait le génie au milieu des revers;
L'envie à sa ruine acharnant les pervers;

Le mérite modeste écarté par l'intrigue,
Et le prix du talent dérobé par la brigue,
A travers tant d'écueils moins prompt à s'élancer,
Sans doute on le verrait quelque temps balancer,
Et peut-être, averti du sort qui le menace
Irait-il, prudemment éloigné du Parnasse,
A l'hiver de ses jours obligé de pourvoir,
De travaux moins ingrats occuper son espoir!
Mais, souvent ébloui des palmes du collège,
Peut-il de l'amour-propre apercevoir le piège?
Ravi de ses progrès, ivre de son esprit,
D'avance à ses lauriers en secret il sourit;
Dans son brillant délire il ne rêve que gloire,
Dicte déjà sa vie au burin de l'histoire,
Et pense qu'immortel, unique en ses travaux,
Son génie admiré n'aura point de rivaux.
Il va réaliser l'éclat de sa couronne;
Il travaille sans fruit, se consume, et s'étonne
Que tant d'activité, de souci, de labeur,
Ignoré du public, le conduise au malheur.
Enfin la main du Temps dessille sa paupière;
Il se recueille alors, et juge sa carrière,
Et, voyant sans retour ses projets confondus,
Regrette, hélas! trop tard les jours qu'il a perdus!

Je suppose qu'instruit, capable de bien faire,
L'élève d'Apollon parvienne un jour à plaire,
Et puisse du public mériter la faveur,
Il en voudra jouir : mène-t-elle au bonheur!
Que d'auteurs on a vu négliger tout pour elle!
La Fortune en revanche a maltraité leur zèle.

Ne vaudrait-il pas mieux qu'avec ménagement
Il fît de l'art des vers un simple amusement,
Et, sans se tourmenter d'une gloire incertaine,
Se choisît un état propre à calmer sa veine?

J'applaudis cependant celui qui sans éclat
Aux yeux de ses amis prouve un goût délicat;
Qui chante quelque belle, et dont la voix à table
Entremêle au dessert un couplet agréable;
Qui de plus, comme toi, gai, vif et cordial,
Conte en vers inégaux un trait original,
Et, redoublant la rime avec sens et finesse,
D'un excès de raison fait rire la Sagesse: *
Mais au-delà je tiens qu'il est très-dangereux
De suivre des Neuf Sœurs le sentier hasardeux,
Et que l'air du Parnasse est sujet à l'orage;
Qu'un nageur, qui, du port contemplant un naufrage,
Voit les vagues trahir les bras des matelots,
De la mer en courroux doit redouter les flots.

* Allusion à une chanson à rimes redoublées, intitulée *la Raison*.

A MADAME B.....

STANCES.

Les Muses dans leur doux langage,
Par le charme des fictions,
Mettent la pensée en image
Pour adoucir les passions.

Leur art est divin, mais stérile,
Il n'est même plus en crédit;
C'est un travail bien difficile,
Aussi je l'ai souvent maudit.

Je l'avouerai, la poésie,
Dont avec vous j'ai plaisanté,
M'a causé plus d'une insomnie,
Et ne m'a jamais profité.

Jouet de son ingratitude,
D'humeur je la quittais vingt fois,
Et par les plaisirs de l'étude
J'étais rappelé sous ses lois.

Que voulez-vous? de l'art d'écrire,
Je plains et j'aime le souci:
Vous avez raison de le dire,
Je suis un pécheur endurci!

De mes vers indignes de plaire,
J'ai tort de vous entretenir;
Mais le moyen de n'en plus faire,
Quand vous daignez les retenir.

A MADAME LA COMTESSE D....

SUR SON DÉGOUT POUR LES VERS.

STANCES.

Est-il vrai que la poésie,
Qui jadis polit l'univers,
N'est à vos yeux qu'une manie,
Et que vous n'aimez plus les vers ?

Quoi ! vive, sensible, éloquente,
Vous pleurez avec Fénélon,
Et ne voulez pas qu'on fréquente
Les sentiers du sacré vallon !

De l'antique mithologie
Condamnez-vous la fiction ?
Ou des charmes de l'harmonie
Craignez-vous la séduction ?

Le Dieu que le Pinde révère,
Vainement voudrait l'enflammer ;
Sachant qu'il pourrait vous déplaire,
Quel poète oserait rimer.

Pour qui vous verrá, quoi qu'il fasse,
Vos moindres goûts seront sacrés ;
Mais vous répondrez au Parnasse
Des lois que vous lui donnerez.

Les beaux vers que l'amour inspire
Vous seront tous sacrifiés,
Et tous les maîtres de la lyre
Iront la briser à vos pieds.

Alors fiers de leur esclavage,
Ils diront, vous connaissant mieux :
Peut-on penser comme les dieux,
Et ne pas aimer leur langage.

A M. DE PIIS.

Restaurateur du Vaudeville,
Poète, amant, vrai troubadour,
Joyeux conteur, esprit facile,
Cher à Momus comme à l'Amour.

Dis-moi, doux chantre de sa mère,
Dans son domaine as-tu failli,
Toi qu'elle a toujours à Cythère
Favorablement accueilli.

Si tu lui manquas de parole,
C'est le cas de plaindre ton sort;
Mais, pour l'objet qui nous désole,
Mourir, ma foi, c'est un peu fort.

Les tableaux frais et pleins de grâce,
Où ce projet est consacré,
Ont fait applaudir au Parnasse
Ton *Enterrement différé*.

Dans ton dépit répréhensible,
Voyant l'excès du repentir,
Vénus à tes adieux sensibles
Ne t'aura pas laissé partir.

Sur un procédé si louable,
A tort on compterait toujours;
Rebuté, plus d'un misérable
Pourrait bien mourir sans secours.

Au service de quelques belles
Dès qu'on ralentit le devoir,
Si l'on ne prend pas congé d'elles,
On est sûr de le recevoir.

J'en ai fait l'épreuve indiscrète,
Mais j'étais plus âgé que toi:
Messieurs, à temps faites retraite,
Ou vous serez pris comme moi.

Vous êtes remplis de tendresse,
De soins, d'esprit, de qualités,
Mais il vous manque la jeunesse;
Place à d'autres, vîte partez!

Cela n'est pas fort agréable,
J'en conviens; moi j'en ai pleuré,
Et ma maîtresse impitoyable
A peine m'en a su bon gré.

Que faire en pareille aventure?
Craindre d'exciter la pitié,
Suivre l'avis de la nature
Et nourrir en paix l'amitié.

Après la volupté suprême
Dont Vénus comble nos desirs,
Il n'est pas de plus doux plaisirs
Que de chanter l'objet qu'on aime.

De ce beau feu j'étais épris,
Quand je tirai de ma musette
Quelques sons touchans pour Lisette
Dont ses baisers furent le prix.

Combien je rends grâce au délire
Qui dicta mes vers amoureux !
Lise enfin trahirait nos feux,
Que je me plairais à les lire.

Du monument de ses faveurs
Espérant tirer avantage,
J'irais lui montrer un passage,
Tout humide encor de mes pleurs.

Je lui dirais, dans ma tristesse :
Voilà quel fut notre bonheur ;
Tant de constance et de tendresse
Peut-être me rendraient son cœur.

Ainsi l'espoir charme la vie
De l'homme en proie aux passions ;
Vraiment malheureux s'il oublie
L'amour et ses illusions.

Au dieu du Pinde, au dieu de Gnide,
Offrons nos tributs chaque jour ;
Mais prenant le plaisir pour guide,
Revenons sans cesse à l'amour.

L'âge mûr, dit-on, nous réserve
D'autres soins et d'autres desirs ;
Ah ! s'il faut changer de plaisirs,
Qu'à jamais le ciel m'en préserve.

A M. DE PIIS,

SUR UN RECUEIL DE SES CHANSONS.

STANCES.

Sensible au feu qui te dévore,
L'Amour t'a rendu ton hautbois;
Grâce à lui, nous aurons encore
Le plaisir d'entendre ta voix.

Nous reverrons le vaudeville
Joyeux et tendre tour-à-tour,
Non-content de charmer la ville,
Courir en chantant à la cour.

Mais crains le fiel de la satire,
Et de Momus, en tes couplets,
Ne fais point grimacer les traits
Par un sardonique sourire.

Reprends la grâce, la gaîté
Dont le Français est idolâtre;
Et, comme autrefois au théâtre,
Fais sourire la volupté.

Peins les caprices de Délie;
Dessine, en riant, nos travers,
Et du grelot de la folie,
Accompagne tes nouveaux airs.

A M. TAILLASSON *,

PEINTRE DU ROI.

J'AI lu ces vers pleins d'énergie,
Où tu sais, avec majesté,
En réclamant sa liberté,
Plaider en faveur du génie.

Sans doute, les lois des beaux-arts
Sont écrites dans la nature;
Quelquefois même à des écarts
On doit leur plus belle imposture.

Mais, redoutons-en les excès,
Et par le goût et la science,
Tâchons d'enchaîner la licence,
Pour mieux assurer nos succès.

Apôtre d'un code vulgaire,
Que l'erreur élève la voix;
N'oublions pas, malgré ses lois,
Que la première est l'art de plaire.

On sait que nos faibles travaux,
En dépit de toute contrainte,
De nos vertus, de nos défauts,
Portent l'inévitable empreinte.

* Un poëme, intitulé *le Danger des Règles dans les Arts*, a donné lieu à ces Stances.

La critique, en vain, nous fait voir
Toutes les fautes d'un ouvrage;
Il est sûr du public hommage,
Dès qu'il a su nous émouvoir.

Mais la vanité, l'ignorance,
Peuvent-elles rien admirer?
C'est lorsqu'il faut les dénigrer,
Que les arts font leur jouissance.

Loin de nous, ces cœurs vils et bas,
Nourris des poisons de l'envie,
Qui condamnent, par jalousie,
L'esprit, les talens qu'ils n'ont pas.

Tel souvent blâme la conduite
Et les œuvres de son voisin,
Qui n'a pour lui d'autre mérite
Que d'être chéri du destin.

Nos talens des Dieux sont l'ouvrage:
Pourtant chacun en fait honneur
A son esprit, à son courage,
Et leur reproche son malheur.

Instrumens de la Providence,
Ingrats, adorez sa bonté;
Son invisible volonté
Fait toute l'humaine prudence.

Pourquoi vouloir, sur nos desirs,
Régler les dons de la nature?
Jouissez plutôt des plaisirs
Que leur variété procure.

Chacun, pour chercher le bonheur,
Choisit, comme il peut, sa carrière;
Ainsi, permettons, sans aigreur,
Qu'on soit heureux à sa manière.

Plaignons les méchans et les sots;
Mais, fuyons-les, et quoi qu'on dise,
Suivons nos goûts avec franchise;
Faisons des vers et des tableaux.

A M. GUICHARD,

MUSICIEN.

Quoi! tu respires la gaîté
Dans un siècle mélancolique?
Tu t'y prends mal, en vérité;
Je plains le sort de ta musique.

On ne rit plus, mon cher ami;
Rire est contre la bienséance;
Parfois on sourit à demi
Pour avoir un air d'importance.

On n'a plus de plaisir qu'au jeu;
A présent, malgré leur génie,
Horace, Montagne et Chaulieu
Seraient mauvaise compagnie.

Du bon ton le code nouveau
Veut que l'on mange sans rien dire,
Et qu'on ne boive que de l'eau;
Est-ce là le moyen de rire?

C'est le vin, chanté par Momus,
Qui rend un souper délectable;
Mais, chez nos sages prétendus,
Momus bâille et quitte la table.

Ils étouffent dans leurs repas
De Bacchus la voix ingénue ;
Aussi je ne m'étonne pas
Qu'une indigestion les tue.

Non qu'ils haïssent le bon vin
Ni la gaîté qui l'accompagne,
Mais la vérité peut enfin
Sortir d'un flacon de Champagne.

Et l'on sait qu'avec un seul mot
On dévoile plus d'un mystère ;
Tout méchant, hypocrite ou sot,
Craint de montrer son caractère.

STROPHES

A M. L......,

DOCTEUR EN MÉDECINE DE LA FACULTÉ DE PARIS.

Favori d'Esculape, aux humains nécessaire,
Homme aimable, indulgent, ami tendre et sincère,
  Qui des beaux-arts chéris les nourrissons,
Dont l'esprit pénétrant sait dans sa marche obscure
    Surprendre la nature,
Et rétablir ses lois par ses propres leçons.

Reverrons-nous encor ces charmantes soirées,
A l'étude, aux loisirs, à l'amour consacrées,
  Où, réunis chez toi par la gaîté,
Noyant les préjugés dans des flots de Champagne
    Versé par ta compagne,
Chacun parlait, buvait, chantait en liberté?

Quelquefois agités de leur noble délire,
La nuit, le verre en main, des maîtres de la lyre
  Nous comparions les chefs-d'œuvre divers;
Tandis que, poursuivant sa brûlante carrière,
    Le dieu de la lumière
Nous retrouvait encore à déclamer leurs vers.

Ivresse de l'esprit, trompeuse confiance,
Qui, de nos jeunes cœurs flattiez l'insouciance,
A nos regrets vous n'êtes plus rendus :
Il ne nous reste, hélas ! des plaisirs du bel âge,
Que le triste avantage
De regretter des jours si doucement perdus.

Insensé, je croyais, honorant mes semblables,
Que, dans leurs jugemens, les mortels équitables,
Du beau, du bon, étaient toujours épris :
Non, non, mon cher L...., il n'est point de mérite
Dont l'orgueil ne s'irrite,
Point de vertu dont l'or ne dispute le prix.

Des enfans d'Apollon la lumière importune
Déplut dans tous les temps à l'aveugle fortune ;
Par le travail combattons son erreur ;
Instruits par les écarts d'une ardente jeunesse,
Songeons à la vieillesse :
Il faut que la raison nous conduise au bonheur.

Méritons qu'à son tour Minerve nous inspire ;
Des belles trop long-temps le dangereux empire
Trompa nos cœurs dans les fers arrêtés ;
A force de talens, vengeons-nous des cruelles,
Et que les infidelles
Apprennent à rougir de nous avoir quittés.

Viens, déesse des arts, viens consoler ma vie ;
Accorde à mes travaux les succès du génie :
J'ai contre moi besoin de ton secours ;
Amène sur tes pas les Filles de memoire :
Sagesse, Amitié, Gloire,
Faites-moi, s'il se peut, oublier mes amours.

QUATRAIN

FAIT DANS LE JARDIN DE Mlle B.....

EN ATTENDANT SON RETOUR.

Jardin, dont les détours font palpiter mon cœur,
Ah! rends-moi vîte sa présence;
Malgré mes souvenirs, ton séjour enchanteur
N'est qu'un désert en son absence.

PORTRAIT

DE MADAME BAY..

PETITE mine
Gentille et fine,
Regard touchant
Et pénétrant;
Qui dit prudence
Et bienveillance,
Grâce, douceur,
Egale humeur,
Ame sincère,
Beau caractère
Modeste et fort
Contre le sort,
Sont la peinture,
D'après nature,
D'une beauté
Dont la bonté
Modeste et pure
A mérité
Félicité.

L'AMATEUR ET LA PLANTE.

Un amateur avait dans son jardin
Une plante rare et chérie
Qu'il préférait à tout, c'était là sa folie :
Aussi chaque matin,
Pour voir sa fleur éclore,
Il devançait l'aurore,
Et revenait le soir l'arrosoir à la main.
Tous ses soins étaient pour sa plante,
Il n'avait pas d'autre désir ;
Elle allait remplir son attente,
Il s'extasiait de plaisir.
Mais tandis qu'il l'admire, il survient un orage,
Précédé d'un vent furieux
Qui flétrit, froisse son ouvrage,
Et l'anéantit à ses yeux.
Souvent de nos travaux cette plante est l'image ;
C'est au plus beau des jours heureux
Qu'on doit appréhender l'orage ;
En songeant aux écueils, voguez avec courage :
Et si, malgré vos soins, votre esquif fait naufrage,
Les coups du sort vous seront moins affreux.

LA MÉMOIRE EN DÉFAUT.

CONTE.

Muet en chaire, au milieu de l'exorde,
De son sermon un sincère pasteur
Disait tout bas : Dieu de miséricorde,
Rends la parole à ton prédicateur.
Dieu, ce jour-là, fut sourd à sa prière :
Il avait beau s'agiter, se moucher,
Frotter son front, rêver, tousser, cracher,
Rien ne venait. Laissant là sa matière,
Il se résigne, et sur cet accident,
Homme sensé prend un parti prudent.
Si vous croyez, dit-il à l'auditoire,
Que pour vous plaire, ici dans l'embarras,
Je resterai dupe de ma mémoire,
Vous vous trompez, messieurs, car je m'en vas.

LA PEINTURE ET LA PAROLE.

A MON AMI FRANÇOIS.

Segniùs irritant animos demissa per aurem,
Quam quæ sunt oculis subjecta fidelibus et quæ
Ipse sibi tradit spectator, etc.
HORAT. Art. Poët.

« Le transfuge *Mercier* nous dit
« Qu'il peint plus chaudement qu'Apelle;
« Que la parole, plus fidelle,
« Frappe plus fortement l'esprit
« Que cette froide bagatelle,
« Ces tableaux si fort en crédit,
« Chez le sot peuple de la Grèce.
« Quoique ton argument me blesse,
« Et qu'Horace t'ait contredit,
« Viens, *Mercier*, bannis ma tristesse;
« Je t'attends pour me consoler.
« Parle, ne cesse de parler.
« Hélas ! j'ai perdu ma maîtresse *.

* Supposition d'un Auteur à cheveux gris.

« Par ton art, peins-moi, tour-à-tour,
« Ses grâces, sa délicatesse,
« Son front, le siége de l'amour.
« Peins-moi surtout l'heureux retour
« Dont elle payait ma tendresse.
« J'écoute..... Ton discours est beau!
« Dis-moi donc pourquoi ton tableau
« Flétrit mon cœur, et le resserre!
« Ta loquèle me désespère;
« Et, sous ta volubilité,
« Ma douleur qui se paralyse,
« Devient insensibilité.
« Ah! ne parle plus de Céphise,
« Tu détruis son céleste attrait....
« Mais *François* m'offre son portrait.
« Il a doublé son existence:
« Elle vit! quelle ressemblance,
« Quel charme pur, quel coloris!
« C'est elle, oui, c'est elle-même;
« Ses yeux disent encor je t'aime.
« Sur sa bouche volent les ris....

« *François*! ton art n'est point frivole;
« Il calme, enchaîne mon tourment,
« Et c'est la parole qui ment
« Dans sa fastueuse hyperbole.
« Ainsi, quand l'inflexible temps,
« D'un coup de sa faux menaçante,
« Tranchera mes derniers instans,
« De la mort ta main triomphante
« M'aura sauvé pour mes enfans.

« O magie aimable et touchante!
« Caroline, Elina, mes fils,
« Sur cette tête blanchissante
« Portant leurs regards attendris,
« Y trouveront mon ame aimante,
« De mes soins me rendront le prix
« Par leur piété consolante.
« Ils devront de si doux élans
« Au charme heureux de la peinture,
« Et leurs cœurs émus par les sens
« Connaîtront encor la nature.

Brise donc, froid rhéteur, tes pinceaux superflus
« Et ta palette languissante :
« Cette image sera vivante,
« Quand tes discours ne seront plus.

Par VIAL *père.*

RÉPONSE.

Oculos habent et non videbunt;
Aures habent.....
PSALMISTE.

EH quoi! vous avez la bonté
D'opposer les sons de la lyre
Aux cris d'un barbare en délire,
Ennemi de la vérité,
De la grâce et de la beauté
Des travaux que Minerve inspire!

Je voulus, un jour, comme vous,
Choqué de sa bizarrerie,
Punir d'une plaisanterie
Son esprit vulgaire et jaloux.
Dans un satirique hémistiche,
Vouant ses clameurs au mépris,
Je pouvais avec ses écrits
Immoler cet auteur postiche.
Je fus tellement étourdi
Du ton de son jargon grotesque,
Qu'au bruit de sa prose burlesque,
Mon Apollon s'est endormi.

Vos vers naïfs pleins d'harmonie,
De raison et de sentiment,
Par un subit enchantement,
Réveillent ma verve assoupie.
Le goût m'entraîne sur vos pas :
Daignez me prêter sa férule.
Pour signaler ce Marsias,
Je veux du bonnet de Midas
Coiffer son crâne ridicule.
Autrefois j'ai pu le nommer,
Sans réfléchir à ses maximes;
Couvert de brocards légitimes,
Son nom qu'il aime à diffamer,
Ne doit plus profaner mes rimes.

Je sais que l'on peut, sans humeur,
Voir les écarts de la folie,
Et les sottises de l'erreur;
Qu'il faut même qu'on les oublie :
Mais qu'un moderne Visigot,
Dans son orgueilleuse ignorance,
Vante le portrait d'un gigot *,
Et le préfère à l'ordonnance
Des grands tableaux des passions,
Aux sublimes expressions
Dont le beau siècle de la France
Sut enchanter les nations;

* « J'aime mieux voir la représentation d'un gigot avec un « pain et une bouteille de vin, que tous ces tableaux d'histoire « qui ne me disent rien. Les Peintres d'histoire sont, à mon « avis, les derniers de tous, etc. »

MERCIER, *Journal de Paris*.

Faut-il encor que l'on supporte
Sa gloutonne stupidité ?
Sans doute, direz-vous, qu'importe :
Tout mortel sans humanité
Doit aimer *la nature morte*.
J'en conviens : cependant je vois,
A l'entour de ce satellite,
Des méchans la troupe hypocrite
Du geste applaudir à sa voix.
Ils voudraient, au sein des ténèbres,
Dont ils n'ont jamais pu sortir,
Voir les noms et les faits célèbres,
Et le genre humain s'engloutir.
Des saintes lois de la nature
Ils ont osé nier l'auteur,
Et de ses bienfaits sans mesure
Demander compte au Créateur.
Du sentier de l'expérience
On les vit chasser les humains,
Déifier les assassins,
Et, persécutant la science,
Rougir de leurs sanglantes mains
La justice et la bienfaisance.
Ils tremblent devant la raison.
Voyant le jour de la vengeance
S'avancer avec l'horizon
Qui revient éclairer la France,
Ils craignent les yeux vigilans
De la loi qui va les atteindre,
Et que le flambeau des talens
Parmi nous tout prêt à s'éteindre,
Ne se rallume à notre encens.

Pensent-ils que la république
Doit s'étayer de leurs écrits ?
Que des sophistes dans Paris,
D'un coup de leur plume cinique,
Peuvent, fiers de leur cruauté,
Des beaux-arts briser la couronne,
Avec autant d'impunité
Qu'on a pu renverser un trône ?
Pensent-ils donc, ces insensés,
Instrumens de la tyrannie,
Sous leurs paradoxes glacés,
Etouffer le feu du génie ?
Et, vils Erostrates nouveaux,
Jaloux des enfans de la gloire,
Brûler le temple de mémoire
Comme ils ont souillé les tombeaux !
Non, barbares, votre bassesse,
Votre ignorance et vos excès,
Du portique de la sagesse
Vous ferment à jamais l'accès.
Brillant d'une clarté féconde,
Son séjour vainqueur de vos coups,
Malgré les méchans et les fous,
Eclaire les fastes du monde.
Les antiques législateurs
Ont, à l'éclat de sa lumière,
Parcouru la double carrière
Et de Thémis et des neuf Sœurs.
Le charme de leur éloquence,
Par de nobles émotions,
A réuni les factions
Dans une juste dépendance.

Animés d'un esprit divin,
Leurs lois, leurs vertus, leur courage,
Toujours imités d'âge en âge,
Sont la règle du genre humain.
Ainsi, malgré la barbarie
Qui vient d'affliger ma patrie,
Les talens du ciel inspirés
Pour adoucir notre misère,
Seront au bonheur consacrés
Par les hommages de la terre.

En vain contre un culte immortel,
Du génie insultant l'autel,
Le crime s'agite, et conspire :
Des arts le bienfaisant empire,
Comme Dieu même est éternel.

ÉPIGRAMME.

« Peintres ! eh bien ! votre censeur
« Vous l'avez lu : que vous en semble ?
« Des arrêts de ce connaisseur,
« Pour votre gloire, moi je tremble.
« Ah ! s'il *refait* tous vos *tableaux*,
« Ainsi qu'il ose vous le dire,
« En aura-t-on vu de plus beaux ?
« Il *peindra* comme il sait *écrire*. * »

Guichard.

* « C'est au sein du Muséum que j'ai conçu le néant de la « peinture. Pas un tableau que je ne *refasse*. Mon imagination, *etc*.
Mercier, *Journal de Paris*.

AU POÈTE GUICHARD.

Bravo, disciple de Piron,
J'aime à te voir lancer une épigramme
A ce prosateur fanfaron,
Éhonté partisan du drame.
Je t'en rends grâce au nom des gens de goût.
Peintre, sculpteur, musicien, poète,
Qu'on a voulu pousser à bout,
Glorifieront leur interprète.
Je suis fier d'être le premier
A t'offrir ce public hommage :
Heureux d'obtenir en partage
Une feuille de ton laurier.
Entre nous, j'ai pourtant un reproche à te faire,
Un reproche trop mérité.
Dût ma franchise te déplaire,
Je veux te dire ici la vérité.
Ne vas pas croire que je blâme
Ce louable penchant pour la société
Où tu vas si gaîment développer ton ame,
Où, convive agréable, avec urbanité,
Alors que le plaisir t'enflamme,
Tu chantes le bon vin, les arts et la beauté ;
Ne pense pas non plus que j'ose contredire
Les vers que l'amitié t'inspire,
Ni contre les méchans, les pédans et les sots,
Tes épigrammes, tes bons mots,
Qu'avec moi tout le monde admire.

Encore moins puis-je être le censeur
De l'inestimable douceur
Qui décore ton caractère ,
Qui craint d'importuner, quoique sûre de plaire
Au plus malévole auditeur.
Pourrait-on condamner l'abandon, la fraîcheur
De ta muse à la fois sévère et gracieuse,
Dans des contes où la candeur,
Chastement malicieuse,
Fait sourire la pudeur
A ta leçon ingénieuse ?
A propos de contes charmans,
Il faut que je te rappelle
Cette promesse éternelle
Dont tu nous berces, tous les ans,
D'en donner au public un joyeux exemplaire.
Veux-tu terminer cette affaire ?
Veux-tu rompre avec tes amis ?
Veux-tu suivre enfin leurs avis ?
Je ne puis voir avec indifférence
Cette coupable insouciance,
Que je dois nommer justement
Une modeste défiance
Inséparable du talent.
Tes droits à la publique estime
Depuis long-temps sont reconnus.
Plus de retard, plus de refus ;
Les Muses t'en feraient un crime.
Nous n'avons plus que de tristes plaisirs.
De quelques grains de ta folie
Assaisonne les loisirs
De notre mélancolie.

Retire-nous de la longue stupeur
Où nous a jeté la terreur.
Dissipe le secret malaise
Qui nous fatigue encor du succès des pervers.
Chantre de la gaîté française,
Célèbre nos charmans travers.
On ne sait comment se distraire.
Vois nos bals, nos concerts, nos jeux,
Où, traîné par l'ennui, chacun cherchant à plaire,
S'efforce de paraître heureux.
O mon ami ! l'on a besoin de rire.
Tu ne saurais venir plus à propos.
Montre-toi, ton nom doit suffire.
Il t'accuse, en un mot, d'un indigne repos.
Prends là-dessus des mesures très-promptes ;
Pourrais-tu douter du succès ?
Nous sommes aujourd'hui plus enfans que jamais :
Tu vois bien qu'il nous faut des contes.

RÉPONSE

A des Vers adressés par M. DE LA GRANGE-CHANCEL* à l'Auteur, qui avait peint son fils.

QUAND votre Muse solitaire
Me prodigue des complimens,
Et dans des vers éloquens
Peint si bien l'âme d'un père,
Vous ignorez qu'au lieu de me flatter
Par une épître enchanteresse
Que je n'ai pas su mériter,
Mon cœur, en la lisant, se rouvre à la tristesse.
Tout m'y retrace un père, ami de ses enfans,
Dont la Parque jalouse a privé ma jeunesse
Dans le moment où sa tendresse
S'occupait de mes premiers ans.
Hélas! sans appui, sans fortune,
Depuis ce jour fatal à moi-même livré,
Par les passions égaré,
Traînant dans la misère une vie importune,
J'ai langui long-temps ignoré.
Heureux encor si j'avais su connaître
Le prix de mon obscurité!
Mais en vain j'ai voulu paraître
Dans l'aride sentier de la célébrité;
Pour elle enfin j'ai quitté ma patrie.

* C'est le fils du célèbre la Grange-Chancel.

J'étais dans cet âge brillant
Où l'avenir paraît charmant.
Je dévorais les œuvres du génie.
Au lieu de blâmer ma folie,
Mes amis flattaient mon penchant;
J'eus la faiblesse de les croire,
Je pris mes goûts pour du talent,
Et me crus formé pour la gloire.
Tout me charmait dans l'Univers.
La Peinture et la Poésie,
Douces compagnes de ma vie,
Me consolaient dans les revers
Dont cette perte fut suivie.
L'Histoire offrait à mes regards
Tous ces rares mortels dont les divins ouvrages,
Immortalisant les beaux-arts,
De la terre enchantée obtiennent les suffrages;
Je relisais avec émotion
Les plus beaux traits de leur histoire,
Et je gravais dans ma mémoire
Ce qui flattait ma jeune ambition.
L'illusion, dangereuse syrène,
Réalisait tous mes projets,
Et, commandant en souveraine,
Couronnait déjà mes succès.
Trompé par sa fausse lumière,
Je voulus des talens parcourir la carrière.
Je croyais à mon gré n'y cueillir que des fleurs.
Je m'approchai de la barrière,
Dont l'aspect attrayant séduit les jeunes cœurs:
Encouragé par l'espérance,
Je l'ouvris avec confiance:

Ne consultant que mon ardeur,
J'osai paraître dans la lice,
Et ne reconnus mon erreur
Que sur le bord du précipice.
L'imprudente jeunesse, en ses fougueux efforts,
Croit que tout va céder à son impatience;
Mais la sévère expérience
Vient à pas lents modérer ses transports.
Sa voix enfin se fit entendre;
Et mon esprit déconcerté,
Refroidi par la vérité,
A l'instant cessa de prétendre
Aux hommages flatteurs de la postérité.
Rêvant à ma folle entreprise,
J'allai, dans ces momens de crise,
Loin d'un monde affligeant dévorer mes ennuis;
Quand, tout-à-coup, la jeune Lise
Enchanta mes yeux éblouis:
Soudain mes esprits se calmèrent;
Je fus moins malheureux auprès de la beauté;
Ses yeux, sa voix bientôt me consolèrent
Des tourmens de la vanité.
J'oubliai dans ses bras les malheurs de ma vie,
L'ambition et les talens.
Abjurant ma triste manie,
J'offris au seul amour mes vœux et mon encens.
Ainsi, par la plus douce ivresse,
Ce Dieu, de mes progrès a ralenti le cours.
Le dégoût et l'ennui qu'enfante la mollesse,
M'ont averti trop tard de ma faiblesse;
J'avais perdu mes plus beaux jours.
Mais vous, vertueux fils de ce fameux Lagrange,

Dont le zèle indiscret brava l'autorité,
Et qui perdit, par une erreur étrange,
Sa fortune et sa liberté;
La vertu pure et sans mélange,
La vertu fit votre malheur.
Hélas! chez les mortels esclaves de l'erreur,
On la prend souvent pour le crime.
Cette cruelle vérité,
Vous montrant les dangers de l'humaine faiblesse
Dans un chemin peu fréquenté,
Vous fit du moins rencontrer la sagesse.
Que votre sort est différent du mien!
Soumis par goût aux lois de la nature,
Vous ne connaissez de lien
Que celui d'une amitié pure.
Vous ignorez les repentirs
Qu'entraîne l'abus du jeune âge;
Jamais d'un importun nuage
Ils n'obscurcissent vos plaisirs.
Si vous parcourez les prairies,
Flore parfume l'air des plus douces odeurs,
Ou vous conduit vers des rives fleuries,
Pour vous montrer ses plus vives couleurs;
De son amant la bienfaisante haleine
Des feux du Dieu du jour garantit vos guérets,
Et vous invite à venir dans la plaine
Rassembler les épis de la blonde Cérès.
Animé par votre présence,
Chacun travaille avec gaîté,
Et vous présente en liberté
Un tableau ravissant de l'antique innocence.
Vos yeux ne sont frappés que d'objets enchanteurs.

Ici, c'est la jeune Pérette,
Qui, la main sur la hanche et le pot sur la tête,
Va rafraîchir les moissonneurs :
Là, réunis sous l'ombrage d'un hêtre,
Evitant la chaleur du jour,
On voit les bergers d'alentour
Danser au son d'une flûte champêtre.
Plus loin, assis dans un vallon,
Lubin fredonne un air sur sa musette.
Lucas, en traçant un sillon,
Mêle ses chants aux chants de l'allouette.
Le laboureur, dans ses travaux,
Ne courbe pas un front ridé par la tristesse;
Aux champs, aux bois, dans les hameaux,
Vous entendez partout la voix de l'allégresse;
Et vous ne voyez pas comme nous, dans Paris,
La haîne des talens diviser les esprits;
La cabale, avec impudence,
Fouler aux pieds le mérite abattu;
L'injustice et la violence,
La fortune et l'audace écraser la vertu;
L'honnête homme trompé par l'amitié perfide
Des méchans par l'envie à sa perte acharnés,
Abreuvé des poisons de leur langue homicide,
Eteindre dans les pleurs ses jours infortunés.
Ce spectacle effrayant des humaines misères,
N'afflige pas vos tranquilles vassaux;
A votre exemple ils vivent tous en frères;
Et s'ils sont malheureux, vous partagez leurs maux.
Dans la paix de la solitude,
Adoré de tous vos enfans,
Votre plus agréable étude

Est de former leurs cœurs et leurs talens.
Entre les bras d'une épouse chérie,
L'ambition ne va point vous troubler;
 Jamais la sombre jalousie
 Ne se plaît à vous accabler;
 Vous n'entendez jamais siffler
 Les serpens affreux de l'envie.
 Loin du tumulte des cités,
 Cultivant le champ de vos pères,
 Vous préférez à nos chimères
 De consolantes vérités.
 Par des espérances trompeuses
 Votre esprit n'est point égaré;
 Par des passions orageuses
 Votre cœur n'est point déchiré.
 Heureux près des foyers rustiques,
Où, par vos mains, le pauvre est secouru;
 Vous jouissez du prix de la vertu
 Au sein de vos dieux domestiques.

A MADAME L. B. D.

Qui m'avait demandé une copie de l'Epître à M. DE CHANCEL.

DOUCE Aglaé, dont l'heureux caractère
Joint la bonté du cœur aux grâces de l'esprit,
Je m'applaudis d'avoir écrit,
Puisque mes vers ont su vous plaire.
Peut-être qu'un jour ignorés
On ne lira point mes ouvrages ;
Mais lorsque vous les admirez,
Je sens qu'ils auraient pu vivre dans tous les âges,
Si vous les aviez inspirés.

AU DÉFENSEUR
DES LOIS ET DU GOUT.

Gloire à l'auteur du nouvel opuscule,
Qui sait gaîment venger la liberté ;
Son vers, armé des traits du ridicule,
Combat l'erreur avec urbanité.
Voilà le ton qui convient à Thalie ;
Dans son domaine, au gré du spectateur,
Par Andrieux depuis peu rétablie,
Elle poursuit ce monstre usurpateur
Qui trop long-temps, sur la scène embrouillée,
Energumène horrible en ses abus,
Moralisant en prose boursoufflée,
Bravait les lois des genres confondus ;
Ne consultait qu'un barbare caprice,
Et de bûchers, de combats, de poison,
Plaçant partout l'imbécille artifice,
Par ses écarts révoltait la raison.
Le goût enfin doit en faire justice.
Courage, ami, chassons de nos remparts
Les charlatans, le drame et la tristesse,
Sots ennemis du culte des beaux-arts,
Des bonnes mœurs et de la politesse.

Qu'un vil censeur de l'homme et de ses droits,
Sans les comprendre ose inculper nos lois,

Et leur préfère un despotique usage,
Son cœur est mort, il vit pour l'esclavage.
Il ne faut pas à ces petits tyrans
Parler raison, mais rire à leurs dépens;
A la patrie, au fouet de la satire,
Avec gaîté dénonce leur délire :
Etourdis-les du bruit de tes succès;
De ton pays réveille le génie.
Si ton esprit, dans quelques noirs accès,
Est un instant frappé d'anglomanie,
Rappelle-toi que tu naquis Français.

RÉPONSE

A DES VERS DE M. DE SAINT-ANGE.

L'ART de flatter fut toujours le partage
Des doctes Sœurs ; elles ont l'avantage
D'embellir tout jusques à la laideur.
Vous le prouvez ; la plus belle couleur
Sait animer les portraits que vous faites ;
Rien ne résiste aux pinceaux des poëtes.
Si, comme nous, aimant la vérité,
Et se bornant à la réalité,
Ils n'allaient pas dans le pays des songes
Chercher souvent d'agréables mensonges ;
Si, comme nous, fixant une action,
Ils réprimaient l'imagination
Qui nous emporte au-delà de l'espace,
Je ne sais trop, sans cette noble audace,
Qui dans les arts, soit dit sans vanité,
D'eux ou de nous aurait la primauté :
Mais laissons-là cette indigne querelle,
Bizarre enfant d'une froide cervelle,
Et n'allons pas enflammés de désirs,
Borner nos goûts ainsi que nos plaisirs.
Qui les augmente a droit à notre hommage.
Quand d'Apollon vous parlez le langage,
Par vos beaux vers je vois les cœurs émus,
Plaindre en pleurant la race de Cadmus,

D'Echo plaintive éprouver les alarmes ;
Du beau Narcisse envier tous les charmes ;
Du fier Penthée approuver la fureur,
Et d'Actéon déplorer le malheur.
Etonnez-vous qu'un peu de jalousie
Après cela s'attache à votre vie.
Loin d'obscurcir le mérite éclatant,
La jalousie est l'ombre du talent.
Connaissez-vous dans l'histoire un grand homme,
Soit dans la Grèce, à Paris ou dans Rome,
Qui de son siècle ayant bien mérité,
N'ait par des sots été persécuté ?
Prétendez-vous à la publique estime ?
Bon gré, malgré, vous serez leur victime.
De leurs discours, au lieu de vous troubler,
Honorez-vous de pouvoir ressembler
A ces mortels que maltraita l'envie ;
Tous ont souffert : c'est le sort du génie.

MES EXCUSES

A LA SOCIÉTÉ LIBRE DES SCIENCES ET ARTS.

Votre indulgence en vain me presse;
Comment vous trouver au hasard,
Et vous réciter sans retard
Un morceau qui vous intéresse?
Les vers m'ont pris quelques instans;
Je n'en fais plus, je vous assure,
Avec la rime et la césure;
Je n'ai que trop perdu mon temps,
Je renonce à la poésie;
Je crains ses ruineux succès,
Et je maudis la fantaisie
Que j'eus d'en faire les essais:
Je préfère en tout la peinture;
Au moins le travail du pinceau,
Conforme au vœu de la nature,
Garnit ma table et mon caveau.
La première loi, c'est de vivre;
Et puis-je penser, sans terreur,
Qu'à la fois c'est, pour un chasseur,
Trop de deux lièvres à poursuivre.
Il vaut mieux, dit un bon auteur,
Moins de gloire et plus de bonheur.

J'ai quelquefois déliré, comme
Ce fou grave, preux, singulier,
De la Manche, errant chevalier;
Mais de sang-froid je suis, en somme,
De l'avis de son écuyer,
Et donne au diable tout métier
Qui ne peut pas nourrir son homme.
L'étoile qui m'avait astreint
A marier, mais sans superbe,
La palette où je suis contraint,
Avec la lyre de Malherbe,
M'a vérifié le proverbe :
« Qui trop embrasse, mal étreint. »
Rarement on sert bien deux belles;
Le cœur divisé s'affaiblit :
Mais force d'amour le remplit,
Sitôt qu'il fait un choix entr'elles.
Enfin, je suis las de souffrir
L'humeur d'une capricieuse
Qui ne fait rien, qu'il faut nourrir,
Et qui se croit officieuse;
Ma Muse, un jour je vous l'ai dit,
N'est pas si traitable qu'on pense;
Je me tourmente en vain l'esprit,
Je ne puis rien en son absence :
Elle a fort peu de bons momens,
Et n'en prend jamais qu'à son aise;
Il est rare qu'elle se plaise
A seconder mes sentimens;
Et tandis qu'elle se repose,
Dès que j'arrive : « Ah ! vous voilà !
« Vous nous apportez quelque chose;

« Allons vîte, mettez-vous là. »
— « Je n'ai rien fait, en conscience! »
Je m'excuse en termes précis;
On ne veut m'entendre qu'assis
Près du bureau de présidence:
J'ai beau faire, il faut m'y placer,
J'y suis et souffre le martyre,
Car je crains de vous offenser;
Messieurs, je n'ai rien à vous lire.

EPITRE

A un Père de famille, sur l'éducation paternelle.

Je viens de voir un fils, l'espoir de mes vieux ans;
Il est doux, vif, espiègle; aura-t-il des talens?
Il est moins étonné du savoir de son maître
Que du chant d'un oiseau, que d'une fleur champêtre.
Rien ne l'attache autant que le chien du logis,
Et la grâce du chat balottant la souris.
Faut-il jouer un tour? jamais il ne recule,
Et sait par un mensonge éviter la férule.
Il convoite un melon sur la couche étendu,
Ou le fruit encor vert à l'arbre suspendu
Qu'il dévore des yeux, et dont sa main furtive
Tente, à l'aide d'un saut, d'agacer sa gencive:
Cependant chacun l'aime, il est de tous les jeux,
Brave tous ses amis, il se battra pour eux.
C'est le premier à table, aux champs comme à la course;
Avec ceux qu'il connaît il partage sa bourse;
Et s'il voit près de lui passer un indigent,
Il le plaint, et lui donne un peu de son argent.
Tu souris à ces traits, ami; ton cœur approuve
La peinture naïve où le mien se retrouve;
Tu penses qu'un enfant sensible et généreux,
Bien dirigé pourra mériter d'être heureux:
Mais, léger dans ses goûts, s'il est d'humeur bizarre;
Si, rebelle aux avis, la licence l'égare;

S'il néglige l'étude, et, trop passsionné,
N'obéit qu'à l'attrait d'un désir effréné,
Qui sait de quels excès un pareil caractère,
Un jour mal entouré, peut affliger son père?
Tout dépend, nous dit-on, des premiers élémens,
Et des soins adaptés à nos premiers momens :
On peut croire du moins qu'avec un savant maître
Un disciple soumis ennoblira son être.
Tel d'un ton trop sévère, à la fin rebuté,
Peut-être a méconnu la voix de l'équité,
Qui, dans ses jeunes ans, conduit avec douceur,
Chéri de sa famille en eût été l'honneur;
Et tel qu'avec bonté l'on invite à bien faire,
En abuse et devient paresseux volontaire;
Tandis que la rigueur l'enchaînant au devoir,
Eût réglé sa conduite et doublé son savoir.
On voit très-peu d'enfans dont un esprit habile
Ne puisse manier la jeunesse indocile,
Et contre leurs défauts eux-mêmes les armer;
Mais, sans les bien connaître, on ne peut les former.
Il faudrait comme toi savoir avec prudence
De leurs penchans secrets sonder la différence,
Comparer leurs devoirs avec leurs facultés,
Et n'oublier jamais leurs bonnes qualités;
Etre juste envers tous : souvent une injustice
Dans le cœur d'un enfant fit germer plus d'un vice.
Le mien n'est pas méchant, mais il est dissipé,
Et quelquefois d'un rien follement occupé;
Avec tous ses défauts il a de la mémoire,
Il se plaît à citer Esope et son histoire :
On dit qu'il fait du temps un assez bon emploi;
On est content de lui, mais il vit loin de moi.

Heureux qui peut remplir tous les devoirs d'un père,
Elever ses enfans sous les yeux de leur mère,
Et, meublant leur esprit d'exemples vertueux,
Occuper leurs loisirs et partager leurs jeux !
Chagrin, plaisir, humeur, en eux tout l'intéresse,
Leurs progrès chaque jour augmentent sa tendresse ;
Mais il faut par malheur quelquefois les punir :
Alors, l'âme oppressée, il songe à l'avenir ;
L'espoir de voir un jour applaudir son ouvrage,
Raffermit sa raison et soutient son courage.
Au cri de la pitié, respectable vainqueur,
Les larmes qu'il retient vont inonder son cœur.
Quel douloureux combat d'amour et de justice
Du plus saint des devoirs fait souvent un supplice !
Oh ! qu'un enfant est fort par le geste et le ton,
Quand il cherche en nos yeux la douceur du pardon !
Tu le sais, Alexis, ton âme paternelle
Gémit de voir commettre une faute nouvelle ;
Ta sensibilité redoute le moment
Où tu dois infliger le moindre châtiment.
Qui ne serait touché des pleurs de l'innocence !
Qui ne serait charmé des grâces de l'enfance !
Sa faiblesse, sa voix, son ingénuité,
Même au sein des méchans réveille la bonté ;
Elle ne saurait croire à la malice humaine :
Confiante et sensible, elle ignore la haine ;
La vengeance jamais ne trouble son sommeil,
Et toujours la gaîté préside à son réveil.
Un joujou fracassé fait-il couler ses larmes ?
Une mouche qui vole appaise ses alarmes.
Age heureux d'allégresse et de simplicité,
Ta bouche n'a jamais trahi la vérité.

Tu ne sais pas encor combien la perfidie,
Fille de l'intérêt, empoisonne la vie.
Ah ! sans ambition, l'homme plus généreux
N'eût sans doute versé que des pleurs amoureux !
De la foi des mortels la dure expérience
N'aurait pas de nos cœurs banni la confiance :
Innocemment livrés à nos premiers penchans,
Nous serions tous heureux, bons comme les enfans.
Comme toi qui, malgré les ravages du vice,
A gardé la candeur de leur âme novice,
Le ciel pour les conduire exprès t'avait formé ;
Pour en être obéi, tu veux en être aimé :
Tu sais, en pardonnant plus d'une espiéglerie,
Dans leurs goûts favoris consulter leur génie.
Si trop de vanité suit leurs petits succès,
Bientôt le ridicule en punit les excès ;
Et pour leur conserver le cœur bon, juste et libre,
Entre leurs passions tu maintiens l'équilibre.
De l'honnête et du beau, le noble sentiment
Parlera de bonne heure à leur entendement ;
Dans leur cerveau naïf la vérité tracée
N'y voudra plus admettre une fausse pensée :
Séduisante parfois, toujours on vit l'erreur
Favorable au désordre enfanter le malheur ;
Pour les en garantir, un récit agréable
Les attache au bon sens renfermé dans la fable ;
Et jusques dans leurs jeux, un plan d'utilité
Dessine les débats de la société.
Ainsi, de tes leçons la jeunesse nourrie
S'exerce à la sagesse et croît pour la patrie ;
Ainsi, de ta raison la force et les moyens
Feront des amis sûrs et de bons citoyens.

Oh ! qu'heureux est le fils élevé par un père
Instruit, laborieux et d'un grand caractère !
Dans le fruit du travail il voit l'emploi du temps ;
Il pratique les mœurs, cultive les talens ;
Et leur paisible étude éclairant sa jeunesse,
Pourra dans l'abandon consoler sa vieillesse.
Jeune encore, à lui seul fût-il abandonné,
Dans le monde, inconnu, fût-il infortuné,
Privé de ses parens, sans secours, sans asile,
N'éprouvant des humains qu'une pitié stérile,
Fort des principes vrais qu'a dictés la vertu,
Par les plus grands revers il n'est point abattu.
Le comble du malheur rappelle à sa mémoire
Des sages, des héros la courageuse histoire ;
Il les revoit, luttant contre l'adversité,
Opposer au destin leur magnanimité :
Fermement appuyé sur leur philosophie,
Des maux qu'ils ont soufferts son cœur se fortifie ;
Comme eux il les endure, et redoublant d'efforts,
Constant dans ses projets il fatigue le sort,
Il triomphe sans faste, et par sa modestie
Il se fait pardonner l'empire du génie :
En tous lieux estimé, partout il est admis ;
Partout quand on les aime on trouve des amis.
Bientôt entre les bras d'une épouse chérie,
L'amour de ses enfans récompense sa vie ;
Dans leurs embrassemens il bénit les malheurs
Qui, pour former leur ame, ont épuré ses mœurs :
Il leur rend tous les soins qu'on eut de son jeune âge ;
Son exemple sera leur plus bel héritage ;
Et quand son dernier jour venant les attrister,
Amis, parens, épouse, il lui faut tout quitter ;

Prêt à rentrer au sein de la cause première,
Sur sa famille en pleurs soulevant sa paupière,
Au défaut de la voix ses regards satisfaits
Peignent de la vertu le prix et les souhaits;
Il descend au tombeau, suivi de l'Espérance,
Et s'endort dans les bras de la Reconnaissance.

EPITRE

A M. JOLI.

Quoi ! vous enviez mon bonheur,
Vous qui, dans la fleur du bel âge,
Jouissez du double avantage
De charmer l'esprit et le cœur !
Pouvez-vous ainsi méconnaître
Le prix des beaux jours du printemps,
Vous pour qui l'amour devrait être
Le plus heureux des sentimens ?
Ah ! croyez-moi, le vain délire
Dont le poëte est agité
Ne vaut pas le tendre sourire
Ni les regards de la beauté.
Craignez la poétique ivresse
Dont se nourrit la vanité ;
Ne quittez point, sur sa promesse,
Le séjour de la volupté
Pour les bords ingrats du Permesse.
Par les plaisirs de la jeunesse,
Embellissez tous vos instans ;
Laissez la gloire à la vieillesse ;
Il n'est, en dépit des talens,
Et quoi qu'en dise la Sagesse,
De bonheur que pour les amans.
Soyez heureux malgré l'envie.

Si vous êtes calomnié,
Charmez les peines de la vie
Par les douceurs de l'amitié;
Buvez au souvenir d'Horace;
Pratiquez ses sages leçons;
Aimez, composez avec grâce
Plus de bouquets que de chansons.
Parez, chantez votre bergère,
Et pour mieux goûter ses faveurs,
Allez souvent sur la fougère
Cueillir des baisers et des fleurs.
Pour moi dont, avec élégance,
Vous vantez la facilité,
Je n'obtiens plus de la beauté
Que l'accueil de l'indifférence.
Huit lustres bientôt accomplis,
Sur mon front gravant la tristesse,
Ne laissent à mon cœur épris
Que les tourmens de la tendresse.
L'Illusion et la Gaîté
Qui m'accompagnaient à Cythère,
Du temple de la Volupté
Ne m'ouvrent plus le sanctuaire;
Les Ris, les Grâces m'ont quitté,
J'ai perdu tout espoir de plaire,
Le désir seul m'en est resté.
Enfin, ma Lise tant chérie,
L'unique objet de mon bonheur,
Pour qui j'aurais donné ma vie,
M'abandonne; et quand sa froideur,
Pour prix d'une ardeur infinie,
Enfonce un poignard dans mon cœur

Je l'aime avec idolâtrie!
Oh ! qui pourra me consoler
Du malheur de son inconstance!
Quel bien peut jamais egaler
Notre amoureuse confiance!
Le dieu des Arts voudrait en vain
Adoucir l'ennui qui m'accable,
Quand Lise me rend misérable.
Qui pourrait changer mon destin?
Quand je voudrais par quelque ouvrage
Tarir la source de mes maux,
Dans mes écrits, dans mes tableaux,
Je verrai toujours son image:
Par d'agréables souvenirs
De la perte de ses plaisirs,
L'amour occupant ma mémoire
Sans cesse viendra m'affliger;
Ni la fortune ni la gloire
Ne saurait m'en dédommager.

A CHRISTINE ***.

CHRISTINE un jour s'ennuyant sur le trône,
A l'orgueil du pouvoir préféra le bonheur;
Et n'écoutant plus que son cœur,
En faveur des beaux-arts abdiqua la couronne.
Cette métamorphose étonna l'univers.
On admira cette reine savante,
Des talens généreuse amante,
Les rechercher, les chanter dans ses vers;
Douce, aimable, éloquente et fière,
Cette sublime aventurière
Plaignant les sots à l'erreur condamnés,
Suivait gaîment sa nouvelle carrière,
Méprisait des méchans les traits empoisonnés,
A tous ses goûts se livrait toute entière,
Et confondait les savans étonnés
De sa conduite singulière.
Voulant tout connaître et tout voir,
Au mépris de la politique,
Elle sut allier la palme du savoir
Et donner un exemple unique.
On croit qu'elle s'en repentit,
Et de sa course vagabonde
Ne rapporta que le dépit
D'avoir en vain couru le monde.
Je n'en sais rien; mais j'oserai douter
Si la grande âme de Christine,

Libre du joug qu'aux rois le ciel destine,
A pu jamais le regretter.
O vous qui causez mon martyre,
Qui savez régner par l'amour,
Conservez son aimable empire;
Mais suivez les lois de sa cour.
Mêlez un peu de myrte aux couronnes des Grâces;
Profitez, croyez-moi, de vos heureux momens;
Aimez, n'attendez pas que le temps sur vos traces
Viennent faner les fleurs qui parent vos beaux ans;
Formez-en des bouquets chaque jour de la vie,
Et moissonnez, par l'amour embellie,
Les roses de votre printemps.
Le vrai bonheur n'appartient qu'au bel âge;
La nature voulant jouir de son ouvrage,
Ne vous a pas prodigué tous ses dons
Pour négliger d'en faire usage.
De grâces et d'esprit adorable assemblage,
Soyez sensible à son langage;
Quand on dédaigne ses leçons,
On ne peut être heureux ni sage.
Vous portez un nom glorieux,
Un nom immortel d'héroïne;
Puissiez-vous, charmante Christine,
Avoir aussi ses goûts ingénieux;
Comme elle aimer les arts et surtout la peinture,
Je bénirais tous les maux que j'endure,
Si, grâce à mes faibles talens,
Je vous trouvais sensible à mes tourmens.
Ah! si du feu qui me dévore,
Vous daignez partager l'ardeur,
Vous verrez à vos pieds l'amant qui vous adore,

Fixer à jamais son bonheur.
Amour, amour, quand ta puissance
Soumettra son cœur à ta loi,
Daigne couronner ma constance,
Fais qu'il ne brûle que pour moi.
Si quelque jeune téméraire,
Enchanté par autant d'attraits,
Osait essayer de lui plaire,
Confonds ses coupables projets,
Qu'il soit trompé dans son attente;
A l'expression de ses feux,
Rends ma Christine indifférente;
Et si d'une oreille indulgente,
Elle semble approuver ses vœux,
Redis-lui ma flamme constante,
Mes pleurs, mes sermens amoureux,
Et conserve-moi mon amante.

A M. DE PIIS,

Au sujet de l'Inauguration du Théâtre du Vaudeville, ouvert en 1792.

Grace à tes goûts, à tes succès,
Sur la scène on vit reparaître
Momus, dieu chéri des Français.
Enfin la gaîté va renaître.
Déjà plus d'un malin écrit,
Vainqueur de la mélancolie,
Décèle le ton et l'esprit
De sa raisonnable folie.
Allons, ami, c'est le bon temps,
Après les discordes civiles;
Fais chanter même aux mécontens
Tes ingénieux vaudevilles;
Dissipe les noirs sentimens
Où l'âme est trop souvent en proie;
Bois, avec le père Lajoie,
Aux vrais amis, aux vrais amans;
Célèbre l'amour, et courtise
Un minois doux et virginal;
Par un couplet original,
Poursuis l'orgueil et la sottise,
C'est là l'esprit national.
Suivi de tes joyeux confrères,

Egayez la terre et les cieux :
Mais lorsque vous aurez aux dieux
Conté d'agréables chimères,
Revenez bien vîte en ces lieux ;
Croyez-moi, l'on est beaucoup mieux
Dans les bocages des bergères.

MON JUBILÉ.

A M. DE PIIS,

Membre de la Légion d'Honneur, Sécrétaire-général de la Préfecture de Police.

Jubilé de *jubilare*
Tire, je crois, son origine.
Pourquoi donc l'Eglise latine
Prit-elle un terme consacré
A peindre la réjouissance,
Pour annoncer la pénitence
Au chrétien qui s'est égaré?
Nous avons besoin d'indulgence,
Et nous savons trop bien pourquoi :
J'en demande beaucoup pour moi,
J'aime à purger ma conscience.
Que l'on en fasse autant pour soi,
Mettant en Dieu son espérance,
Et l'on verra la bonne foi
Ramener le bonheur en France.
De nos politiques erreurs,
Faisons tous un aveu sincère,
Et renonçons à la chimère
Qui fut cause de nos malheurs.

Voici le temps où l'on pardonne,
Il faut oublier le passé,
Le jour de Pâques nous l'ordonne,
Et c'est par où j'ai commencé :
En ce jour, l'esprit, la lumière
Renaissent pour nous réunir.
J'attends indulgence plénière,
Je le choisis pour l'obtenir ;
Mais rétablissant la justesse
De la latine expression,
Je veux un séjour d'allégresse
A ma première station.
Près des Muses chez vous à table,
Où l'Amitié m'a régalé,
Si vous le trouvez agréable,
J'irai faire mon jubilé.

A Mme B..... DE L.....

DANS le poétique récit
Où vous peignez le caractère,
Les goûts, l'activité, l'esprit
Et les vertus de votre frère,
Quoi ! mon nom chétif et vulgaire
Sous votre plume s'ennoblit !
Comment pouvez-vous le connaître ?
De faibles vers et des chansons
Que j'eus tort de laisser paraître
Par hasard, auraient-ils fait naître
Quelques souvenirs de leurs sons ?
Comme j'applaudirais ma muse
D'avoir su vous plaire un moment
Mais non : la vanité m'abuse.
L'étincelle du sentiment,
Brillant d'un éclat éphémère,
N'éblouit pas le jugement
D'une femme qui pense en mère
Et sait écrire éloquemment.
Non, l'amitié trop indulgente
Vous exagéra mes talens,
Et m'a valu le grain d'encens
Que votre bonté me présente.
Je fais mal ; pourtant j'applaudis
Toujours ce qui vient du génie :

Sans blesser votre modestie,
C'est le moins qu'il me soit permis,
Comme ami des arts agréables
Et comme ami de la maison,
D'admirer, dans vos vers aimables,
La grâce unie à la raison.

A M. GINGUENÉ.

Certain élève d'Apollon,
Qui vous vit dans votre jeunesse
Fréquenter les bords du Permesse
Et charmer le sacré vallon,
Un chétif enfant de Minerve,
Admirateur de vos talens,
Vient vous recommander sa verve
Et ses pinceaux agonisans.
Ce peu digne, mais bon confrère,
Est poète et peintre, dit-on.
On sait que, malgré sa lumière,
Des beaux-arts l'ingrate carrière
Fit souvent de ce double don
Un double titre de misère.
A ces rares présens des dieux,
Plutus ne fut jamais propice;
Mais par un généreux caprice,
Jupin lui dessilla les yeux,
Pour qu'il sût vous rendre justice.
Puisqu'il vous traite avec bonté,
Priez-le d'être favorable
Au courage d'un pauvre diable
Qui lutte avec l'adversité;
Sa muse, qui ne lui découvre
Dans l'avenir qu'un sort fatal,
Voudrait, par un chemin loyal,
Aller se reposer au Louvre,
Avant d'aller à l'hôpital.

A MLLE CAMILLE VERNET,

Pour être inscrits sur son *album*.

Quoi ! votre bonté me réserve
L'honneur d'intituler en vers
Un recueil où bientôt les enfans de Minerve
Vont vous tracer leurs hommages divers !
L'amour et l'amitié, jaloux de vos suffrages,
Y déposeront leurs ouvrages ;
Chaque muse y mettra du sien,
M'appelant dans ce livre à leur doux entretien,
Par les noms illustrés qui rempliront ses pages,
Vous voulez consacrer le mien ;
Je ne crois pas l'inscrire au temple de mémoire :
Mais oublié de l'avenir,
Je n'aurai pas vécu sans gloire,
Si je puis le graver dans votre souvenir.

AUX FRANÇAIS,

SUR LA PAIX DE TILSITT.

ODE.

Français ! voici des jours à l'abri des orages ;
Entourez les autels de vos pieux hommages,
Et rendez grâce au grand Napoléon :
Que des temples, ornés par des mains virginales,
Les voûtes triomphales
Retentissent des chants consacrés à son nom !

Et vous des immortels sublimes interprètes,
Muses, qui des guerriers illustrez les conquêtes,
A vos amans daignez vous réunir :
Venez, qu'un fils de Mars avec vous les inspire,
Et que leur docte lyre
Aille de ses exploits étonner l'univers.

Vengeur de la patrie en ses droits insultée,
Son génie a vaincu la ligue redoutée,
Fatal espoir d'avides potentats,
Et, de leur union, punissant l'artifice,
A créé l'édifice
D'un empire agrandi de leurs propres états.

Qui veut donc sur nos cœurs essayer l'épouvante,
Quand du Nord au Midi la France triomphante
  De son héros célèbre les bienfaits ?
Quel monstre vient troubler l'hymne de la Victoire,
    Et, blasphémant la Gloire,
Mêler des cris de rage aux concerts de la Paix ?

O crime ! c'est Eris, divinité perfide,
De désordre, de pleurs et de meurtres avide,
  Dont la noirceur a divisé les cieux :
De l'Olympe en courroux sa furie expulsée,
    Sur la terre exercée,
Pour se venger du ciel poursuit les demi-dieux.

Fuis, cruelle ! à leur voix l'Europe réunie
Admire avec respect l'ascendant du génie
  Triomphateur, arbitre de ses droits :
Tes complots croiraient-ils enchaîner la clémence,
    La force et la prudence,
Qui des peuples soumis font adorer les rois ?

Quoi ! ce n'est point assez de la pomme fatale
Qu'en don pernicieux ta vengeance infernale
  Vint présenter aux noces de Thétis,
Et qui, d'une déesse armant la jalousie,
    Fit ravager l'Asie
Et punir Ilion du crime de Pâris !

Il ne suffit donc pas à la soif de ta rage
Que ta main sacrilège, acharnée au carnage,
  Lorsque les lois luttaient contre les mœurs,
Ait brisé les autels, comblé notre souffrance,
    Et du sang de la France
Abreuvé tes serpens au bruit de tes clameurs !

Tu regrettes ces jours de tumulte et d'alarmes
Où tes suppôts affreux insultaient à nos larmes,
   Et d'un regard nous plongeaient au cercueil!
Tu voudrais les revoir entourés de victimes,
      Riches de nouveaux crimes,
Dévorer les trésors de la patrie en deuil!

Mais à notre salut veille un nouvel Alcide,
De Minerve inspiré, couvert de son égide:
   Vois devant lui tes complices trembler;
S'ils t'invoquaient encor, leur audace barbare
      S'expierait au Ténare
Avant que ta fureur puisse les rassembler.

Envoyé de Pallas, comblé de prévoyance,
De magnanimité, source de sa puissance,
   Gages du trônes où les dieux l'ont placé,
Tel que l'Esprit d'un mot, père de la lumière,
      Ordonna la matière,
Il dit, et de l'état le désordre a cessé.

Nos ennemis, déçus par un tel phénomène,
Croyaient, en déployant leur enseigne hautaine,
   Déconcerter sa belliqueuse ardeur;
Mais de l'Europe enfin les armes conjurées,
      Sous ses coups atterrées,
Ont de son héroïsme imploré la grandeur.

Conquérant, il renverse et rétablit les trônes,
Réforme les états, dispense les couronnes;
   Législateur, il en prescrit les droits:
Quel sera donc le rang qu'à sa gloire il apprête?
      Il est temps qu'il s'arrête,
Et jouisse avec nous du bienfait de ses lois.

Si des revers.... Quel trouble obscurcit ma pensée !
Ma lyre s'assourdit, ma voix est oppressée ;
D'où naît l'effroi qui pénètre mes sens ?
D'une rime indiscrète à ma veine interdite,
Est-ce un dieu qui s'irrite,
Ou qui de leurs écarts avertit mes accens ?

Est-ce un de tes bienfaits, ô divine Sagesse !
Viens-tu de mon sujet enrichir la noblesse,
Ou de mes vers punir l'obscurité ?
Parle ; si j'ai failli, daigne, aux Muses fidèle,
Pour éclairer mon zèle,
Dévoiler à mes yeux l'auguste vérité.

— Mortel présomptueux, ta débile paupière
Ne saurait supporter l'éclat de sa lumière :
Si ton esprit, jaloux de l'attester,
A son langage austère à tort osa prétendre,
Sois digne de l'entendre ;
Attentif à sa voix, tâche d'en profiter.

Alors que des humains l'orgueilleuse folie
N'écoute que l'erreur d'une raison impie,
Et s'abandonne aux vents des passions,
Justement indigné du mépris de la terre,
Le ciel, dans sa colère,
A leur aveuglement livre les nations.

Il veut que les fléaux des discordes civiles
Fassent pleurer les lois aux peuples indociles,
De leur misère artisans désunis,
Et que leur repentir avec effroi contemple
Le déplorable exemple
De leurs forfaits sur eux par eux-mêmes punis.

De Jupiter enfin la pitié paternelle
Pardonne de leur cœur la révolte cruelle,
Et, de leurs maux prompt à les délivrer,
Leur accorde un héros dont la vertu divine
Répare leur ruine :
Tel est celui qu'en vain tu voudrais pénétrer.

De quel droit vient ta muse, aveugle en politique,
Affectant d'Apollon le savoir prophétique,
Rêver le bien qu'il résout d'établir,
Renfermer dans tes vœux les plans de sa sagesse,
Et borner la promesse
Que l'ordre du Destin l'a chargé d'accomplir?

Chante de ses exploits les merveilles connues;
Mais crains d'interpréter les innombrables vues
Que dans son sein je cache à tous les yeux;
Attends que de la gloire, à leur but assignée,
Calliope étonnée
T'inspire des accords avoués par les dieux.

Jusque-là, plus discret, d'une voix moins altière,
Demande pour ses jours la plus longue carrière
Aux immortels de ses faits réjouis;
Et si tu vois le sort qu'à la France il prépare,
A l'égal de Pindare,
Songe à faire éclater des accens inouis.

— J'obéirai, déesse. Ah! sa vie admirée,
Utile même aux dieux, doit leur être sacrée;
Sa piété releva leurs autels :
Mais où trouver des sons dont la neuve harmonie
De l'Olympe applaudie,
Fasse à jamais chanter ses travaux immortels?

Quel esprit, élevé sur la double colline,
Pourrait s'approprier la région divine
Où son génie en aigle sait planer;
Le suivre dans son vol aux éclats du tonnerre,
Et prédire à la terre
La splendeur dont les dieux voudront l'environner?

Méditée en secret, sa volonté constante
Laisse mûrir au temps les projets qu'il enfante;
Seul, leur succès pourra les dévoiler:
S'il est encor des rois dont l'insolence aspire
A troubler son empire,
Ils verront à ses pieds leurs trônes s'écrouler.

Il tient de Jupiter la foudre toujours prête;
Bientôt du léopard il va briser la tête:
Arbitre alors de l'Océan trompé,
Il fera, d'Albion réduisant la limite,
A l'époux d'Amphytrite
Restituer les droits du trident usurpé.

Puisse-t-il, fondateur d'un empire durable,
Béni des nations, à lui seul comparable,
Sûr de Bellone et satisfait de Mars,
Se rendre aux vœux constans de la France ravie,
Et voir enfin sa vie
En paix s'éterniser sous la main des beaux-arts!

Dieux! j'entends, j'aperçois tous les héros à naître,
Confus, se demander, voyant le mien paraître
Aux yeux surpris de la postérité,
Si de tant de vertus la peinture fidèle
Ne fut point un modèle.
Inimitable en tout, à plaisir inventé.

O grand homme ! à l'éclat de ta gloire nouvelle
Pardonne les transports d'un disciple d'Apelle,
　Peu renommé dans le sacré vallon,
Et qui, par un tribut précurseur de l'histoire,
　　Aux Filles de mémoire
Ose à l'ombre du tien recommander son nom.

FIN.

TABLE.

CHANSONS.

POÉSIES.

Fin de la Table.

www.ingramcontent.com/pod-product-compliance
Ingram Content Group UK Ltd.
Pitfield, Milton Keynes, MK11 3LW, UK
UKHW021937200726
13855UKWH00007B/834

9 782013 339735